EL LIBRO DE LAS
FLORES Y LOS ÁRBOLES
Y OTROS TESOROS DEL REINO VEGETAL

EL LIBRO DE LAS
FLORES Y LOS ÁRBOLES

Y OTROS TESOROS DEL REINO VEGETAL

ESCRITO POR LA **DRA. SARAH JOSE**
ASESORADA POR EL **DR. CHRIS CLENNETT**

DK DELHI
Edición sénior Anita Kakar, Bharti Bedi, Rupa Rao
Edición de arte sénior Shreya Anand
Edición Arpita Dasgupta
Edición de arte Baibhav Parida, Debjyoti Mukherjee
Asistencia editorial Bipasha Roy
Asistencia editorial de arte Sifat Fatima, Sanya Jain
Diseño de cubierta Tanya Mehrotra
Coordinación editorial de cubiertas Priyanka Sharma
Diseño sénior de maquetación Harish Aggarwal
Diseño de maquetación Jaypal Chauhan, Ashok Kumar,
Vijay Kandwal, Mohammad Rizwan, Vikram Singh,
Rakesh Kumar
Documentación iconográfica sénior Sumedha Chopra
Documentación iconográfica Aditya Katyal, Vishal Ghavri
Dirección de documentación iconográfica
Taiyaba Khatoon
Edición ejecutiva de cubiertas Saloni Singh
Dirección de preproducción Balwant Singh
Dirección de producción Pankaj Sharma
Edición ejecutiva Kingshuk Ghoshal
Edición ejecutiva de arte Govind Mittal

DK LONDRES
Edición sénior Ashwin Khurana
Edición de arte sénior Rachael Grady
Diseño de cubierta Surabhi Wadhwa-Gandhi
Edición de cubierta Emma Dawson
Dirección de desarrollo de diseño de cubierta
Sophia MTT
Producción, preproducción Andy Hilliard
Producción sénior Jude Crozier, Mary Slater
Edición ejecutiva Francesca Baines
Edición ejecutiva de arte Philip Letsu
Dirección editorial Andrew Macintyre
Dirección de arte Karen Self
Subdirección de publicaciones Liz Wheeler
Dirección de publicaciones Jonathan Metcalf

De la edición en español:
Servicios editoriales Tinta Simpàtica
Traducción Ruben Giró Anglada
Coordinación de proyecto Helena Peña
Dirección editorial Elsa Vicente

Publicado originalmente en Gran Bretaña en 2019
por Dorling Kindersley Limited
DK, 20 Vauxhall Bridge Road, Londres, SW1V 2SA
Parte de Penguin Random House

CONTENIDOS

PRÓLOGO — 6

EL MUNDO DE LAS PLANTAS — 8

PLANTAS SIN FLOR — 44

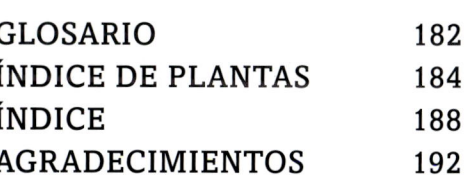

Carambola

Pino negral de Austria

Raspilla

PRÓLOGO

Sin las plantas, simplemente no estaríamos aquí, puesto que producen el alimento que comemos utilizando solo la energía del sol, agua y dióxido de carbono del aire. Dependemos de las plantas para obtener cereales, fruta y verdura, además de materiales de construcción, combustibles, medicinas y mucho más. A partir del momento en el que me di cuenta de la importancia de las plantas, quedé fascinada por ellas, y empecé a estudiar sus secretos en la universidad para descubrir hasta qué punto dependemos de los 400 000 tipos de plantas del planeta.

Desde los musgos en miniatura hasta las coníferas más colosales, este libro muestra la enorme diversidad de plantas de todo el mundo y las formas en las que permiten casi toda la vida de la Tierra. Las primeras plantas terrestres evolucionaron hace unos 470 millones de años, y desde entonces han ido conquistando todo el planeta, transformando el paisaje en un amplio abanico de hábitats, como por ejemplo la selva tropical y las praderas, los páramos y los humedales. Las plantas también han cambiado el curso de la historia humana. Los primeros pueblos tenían una vida nómada como cazadores-recolectores, hasta que aprendieron a cultivar y pudieron asentarse en comunidades. De este modo, la población pudo crecer y proliferar hasta formar civilizaciones.

En este libro descubrirás muchas de las maravillas del mundo vegetal que han capturado la imaginación de científicos como yo durante

Aciano

Planta de jarra tropical

Albahaca tailandesa

Ala de ángel

Agavosa

Granado enano

siglos. Verás los árboles más altos, las flores más aromáticas y también plantas que son las reinas del disfraz. Algunas plantas viven solo un par de semanas, y otras, miles de años. Descubrirás cómo algunas plantas se aprovechan de los animales para que polinicen sus flores y esparzan sus semillas, y cómo se defienden de herbívoros hambrientos. ¡Conocerás incluso algunas plantas que comen animales!

Espero que este libro te anime a fijarte más en las plantas que te rodean, que te haga sentir curiosidad sobre su comportamiento y que te ayude a disfrutar y maravillarte de estos seres vivos tan importantes para la vida en la Tierra.

Dra. Sarah Jose

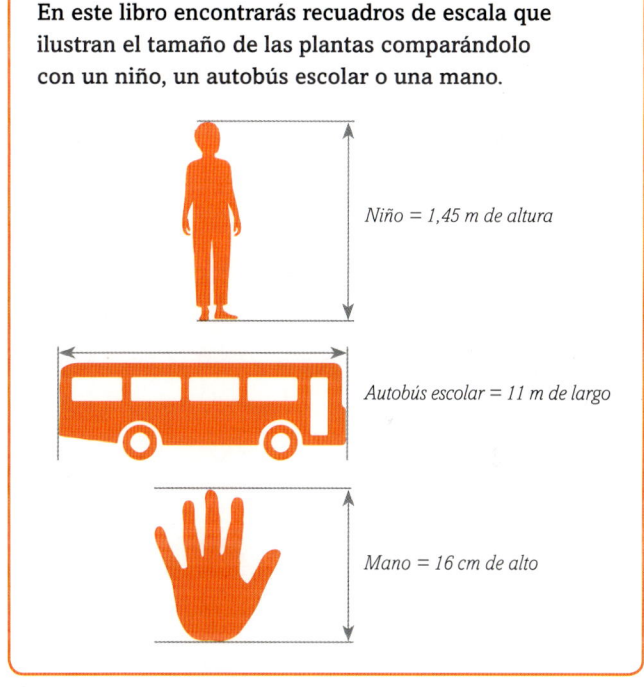

En este libro encontrarás recuadros de escala que ilustran el tamaño de las plantas comparándolo con un niño, un autobús escolar o una mano.

Niño = 1,45 m de altura

Autobús escolar = 11 m de largo

Mano = 16 cm de alto

Pitahaya

Acebo

Achicoria roja

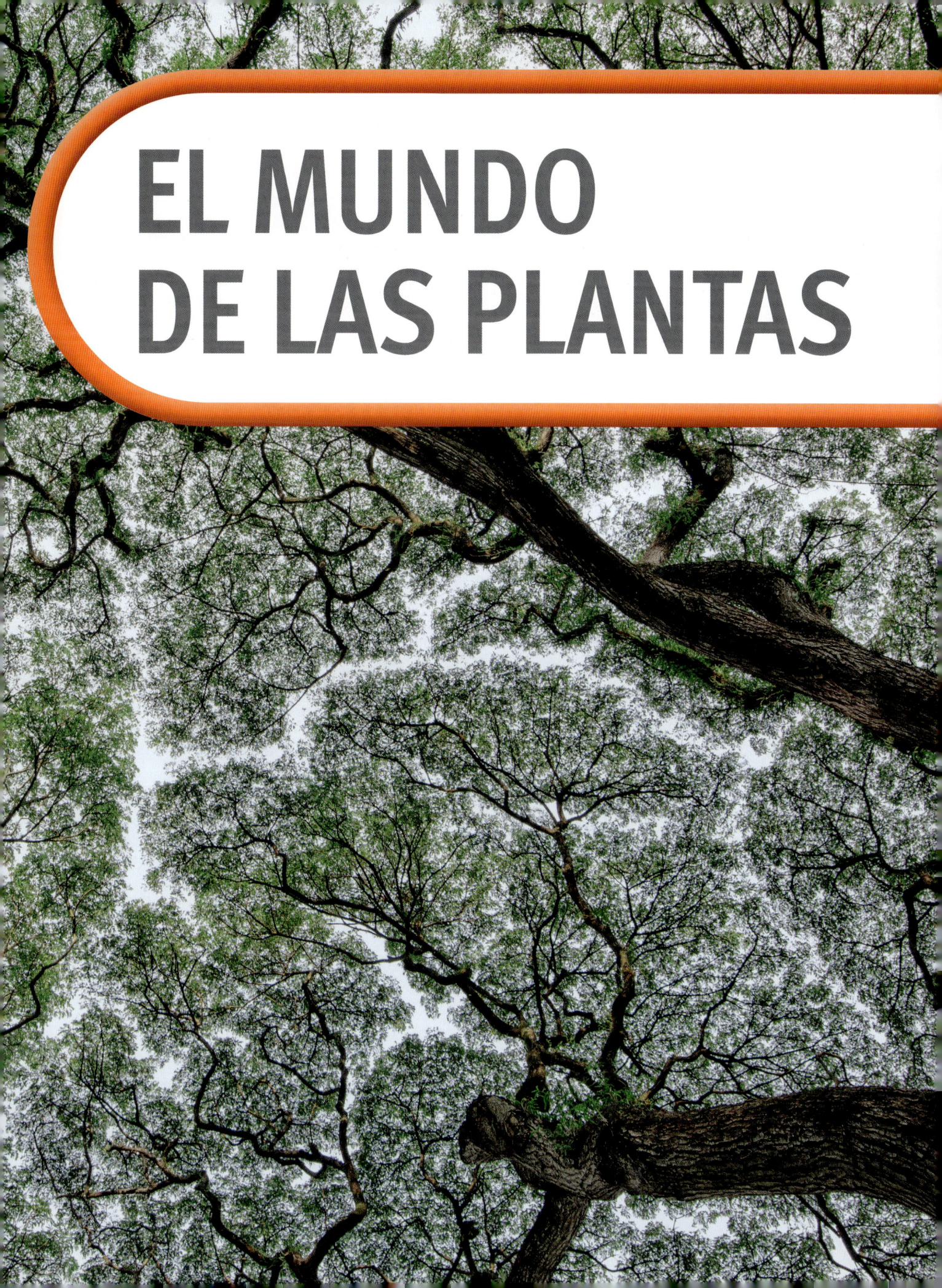

EL MUNDO DE LAS PLANTAS

Plantas sin flor

Son las plantas más antiguas, e incluyen helechos y musgos, que se reproducen mediante esporas. Las coníferas, que producen semillas desnudas (sin protección), también pertenecen a este grupo.

Hepáticas

Hepática de las fuentes

Musgos

Musgo de estrellas

Antoceros

Phaeoceros laevis

Licopodios

Pie de lobo

El reino vegetal

Existen unos 400 000 tipos diferentes de plantas y los botánicos, los científicos especializados en plantas, no paran de descubrir más y más. Hace cientos de millones de años, las primeras plantas eran pequeñas y no daban flores. Con el tiempo, la evolución creó un fantástico abanico de plantas, desde los simples helechos hasta los espectaculares cerezos en flor y los puntiagudos cactus. Para poner orden a esta gran variedad, los botánicos dividen las plantas entre las que no dan flor y las que sí lo hacen. Estas dos categorías contienen muchas especies, algunas ilustradas en esta página.

Gramíneas

Popotillo azul

Asteráceas

Dalia

REINO VEGETAL

Plantas con flor

Las angiospermas, o plantas con flor, suman más del 90 por ciento de todas las plantas. Producen semillas con una cáscara dura que las protege.

Helechos

Helecho arbóreo

Gimnospermas

Pino de San Pedro Mártir

Angiospermas

Lupino

Monocotiledóneas

Tienen una sola hoja embrionaria, que crece para convertirse en una planta nueva. Suelen tener hojas largas y estrechas. Gramíneas, orquídeas y palmas son monocotiledóneas.

Dicotiledóneas

Tienen dos hojas embrionarias, que aparecen juntas cuando la planta nueva empieza a crecer. Casi todas son de hoja ancha. Incluyen asteráceas, rosáceas, cactus y leguminosas.

Orquídeas

Vanda rosa

Palmas

Cocotero

Rosáceas

Rosa china

Cactus

Anciano de los Andes

Leguminosas

Tirabeque

¿Qué es una planta?

Hay plantas de todo tipo, desde musgos minúsculos hasta árboles gigantescos. Eso sí, casi todas cuentan con un pigmento verde llamado clorofila. Esta sustancia usa la energía de la luz del sol para crear el alimento (un azúcar conocido como glucosa) que la planta necesita para crecer. En este proceso, conocido como fotosíntesis, las plantas obtienen dióxido de carbono en gas del aire y lo convierten en alimento y liberan oxígeno, necesario para que los animales puedan respirar.

Flor ❯ Esta colorida parte de la planta contiene las células masculinas y femeninas responsables de producir las semillas.

Zarcillo ❯ Esta planta tiene un tallo especializado, llamado zarcillo, que se enrolla alrededor de objetos cercanos para apoyarse.

No son plantas

Líquenes
Un liquen se compone de algas y hongos que viven juntos. Las algas producen el alimento, y los hongos dan sombra.

Corales
Los corales son diminutos animales acuáticos de esqueleto duro. Para crecer, dependen de que las algas de sus tejidos produzcan energía a partir de la luz del sol.

Algas
Muchas algas son verdes, como las plantas, pero no tienen raíces, y tampoco tallos ni hojas verdaderas. Las algas solo pueden vivir en el agua.

Hongos
Al contrario que las plantas, los hongos obtienen el alimento del suelo, o bien de otras plantas u otros animales sobre los que crecen.

Tallo ❯ El tallo mantiene firme la planta. Puede ser corto o largo, leñoso o no.

Hoja ❯ Es la central energética de la planta. Las hojas usan la luz del sol para crear la energía que la planta necesita para poder crecer.

Pepino

Fruto ❯ El fruto contiene las semillas y las protege de todo daño. Los frutos coloridos atraen los animales para que se los coman y después esparzan las semillas con los excrementos.

Planta con flor

Las flores de este pepino sirven para que se reproduzca y cree las semillas de las nuevas plantas. Sin embargo, no todas las plantas tienen flores: las plantas simples, como los musgos y las coníferas, tienen otras maneras de reproducirse. A veces es complicado distinguir qué es una planta y qué no; las macroalgas y los hongos, por ejemplo, no son plantas.

Raíz ❯ Las plantas utilizan las raíces para fijarse al terreno. También les sirven para extraer agua y nutrientes del suelo y así mantenerlas vivas.

Hoja > Las hojas usan la energía de la luz del sol para producir azúcar. El agua sube por las raíces y la savia azucarada baja desde las hojas para permitir el crecimiento.

Raíz de bardana

Las raíces

La mayoría de las plantas tienen raíces que las fijan al suelo y que absorben del terreno el agua y los minerales disueltos que utilizan para crecer. Las gramíneas cuentan con penachos o raíces fibrosas, pero la mayoría del resto de las plantas desarrollan como mínimo una raíz principal, de la que brotan raíces laterales más pequeñas que se reparten hacia el exterior.

Raíz principal > Cuando una semilla empieza a crecer, una o más raíces empujan hacia el suelo. Esta es la raíz principal de la planta, y solo crece por la punta, obligando a las partículas del suelo a apartarse con su dura punta, la caliptra, al ir creciendo hacia la profundidad.

Raíz lateral ❯ Estas raíces más delgadas se ramifican de las raíces principales para formar una compleja maraña de raíces.

Capilar de las raíces ❯ Unos capilares minúsculos brotan justo por encima de la punta vegetativa de cada raíz. Crecen entre las partículas del suelo y absorben el agua y los minerales que la planta necesita para crecer.

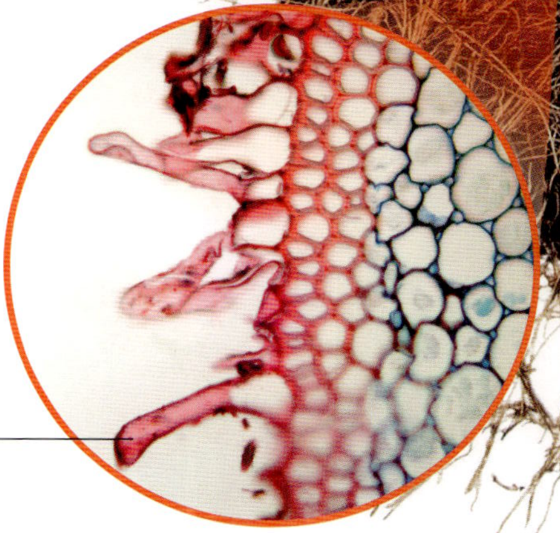

Los capilares de las raíces crecen en las células epiteliales de la raíz (en color rosa).

Tipos de raíces

Pilotes Al subir la marea, las olas azotan los mangles que crecen en el barro de las orillas de los esteros. Muchos cuentan con raíces que parecen pilotes para tener más apoyo en el agua en movimiento.

Neumatóforas Estos mangles, con las raíces en el barro encharcado y sin aire, crecen en aguas salobres cenagosas, subtropicales o tropicales. Algunos tienen raíces que crecen hacia arriba para recoger oxígeno.

Tabulares Muchos árboles de la selva tropical cuentan con raíces que se extienden en parte sobre el suelo, pues el terreno es muy poco profundo y estas raíces de superficie fijan el árbol en la tierra suelta.

Aéreas Algunas plantas, normalmente en bosques tropicales, crecen en las copas de los árboles y tienen las raíces unidas a la corteza. Las raíces del anturio de mazorquita cuelgan en el aire para absorber el agua.

¿Qué es un tallo?

El tallo es como la columna vertebral de la planta, ya que la mantiene erguida y conecta sus raíces, hojas, flores y frutos. Levanta las hojas hacia la luz del sol para que puedan producir alimento, que después el tallo transporta al resto de la planta. También hace subir el agua y los nutrientes que captan las raíces. Hay muchos tipos de tallos, ya sean verdes tallos blandos o duros troncos de árbol.

Tallo de enredadera ❯ Los tallos jóvenes son blandos y flexibles, con unas raíces adventicias minúsculas que les ayudan a trepar. Al crecer, se hacen más gruesos y duros, y desarrollan brotes laterales para explorar nuevos espacios.

Caña de azúcar

Tallo duro ❯ Un tallo duro mantiene en pie esta alta gramínea. Los tejidos especiales que bajan por el tallo transportan el azúcar producido en las hojas hacia otras partes de la planta. Los tallos de la caña de azúcar contienen mucho azúcar, que se puede cosechar y secar para producir el azúcar.

Hiedra común

Tallo leñoso ❯ Los troncos y las ramas son tallos leñosos, que son rígidos y duros para dar apoyo a los altos árboles. Están protegidos por una cubierta exterior de corteza de tejido muerto. Estos tallos crecen produciendo nuevas capas de tejido fibroso año tras año: los anillos de crecimiento que se pueden ver al cortar un tronco de árbol.

Avellano tortuoso

Mirasol

Tallo blando ❯ Los tallos no leñosos de muchas plantas más pequeñas son blandos y verdes. Mantienen erguida la planta y transportan agua y nutrientes.

Tipos de tallos

Hay tallos de muchos tipos. Los leñosos tienen dos capas: una transporta agua, y la otra el alimento en forma de azúcar. En los no leñosos, ambas se combinan en tubos. Los tallos leñosos están protegidos por una gruesa corteza, mientras que los que no son leñosos están cubiertos por una fina capa de tejido protector.

Tejido de transporte de agua

Tejido de transporte de azúcar

Capa blanda y esponjosa

Capa exterior fina

Tallo no leñoso

Tejido de transporte de azúcar

Tejido de transporte de agua

Centro del tallo leñoso

Corteza dura y fuerte

Tallo leñoso

Ladrones de la dulce savia

Unos pequeños bichos conocidos como áfidos perforan los tallos para chupar el dulce líquido rico en nutrientes que tienen en el interior. Estos insectos no suelen matar la planta, sino que a menudo frenan su crecimiento y llevan enfermedades que la pueden perjudicar.

PUENTES VIVOS
El estado de Meghalaya, en el noreste de la India, es una de las regiones más húmedas del mundo, con casi 12 m anuales de precipitación. Las lluvias desbordan los ríos, lo que dificulta los desplazamientos. La tribu de los khasi dio con una forma ingeniosa de mantener el contacto con las otras aldeas: con las raíces del árbol del caucho gomero, construyen puentes que soportan el peso de hasta 50 personas.

Este puente se construye enroscando las raíces aéreas de árboles del caucho gomero alrededor de puentes temporales de bambú o troncos de árbol, que se acaban pudriendo con el tiempo. Cuando las raíces del árbol llegan al otro lado del río, se plantan en el terreno para que se hagan más gruesas y fuertes. Se puede tardar entre 15 y 20 años en construir un puente vivo, cuya longitud puede superar los 50 m. Los puentes vivos más robustos tienen más de 100 años de antigüedad; se calcula que algunos superan los 500 años. Este puente de doble piso en Cherrapunji tiene más de 180 años de antigüedad, y la población local está añadiendo un tercer piso para atraer a más turistas.

¿Cómo crecen las semillas?

Para reproducirse y proliferar, las plantas con flor crean semillas a partir de las que crecen plantas nuevas. Cada semilla contiene una diminuta planta joven conocida como embrión, que permanece durmiente (inactiva) hasta que detecta las condiciones idóneas para germinar y crecer hasta convertirse en una nueva planta.

Las condiciones adecuadas

Para germinar, las semillas necesitan unas condiciones idóneas: calidez, aire y agua. Algunas necesitan oscuridad para notar que están bien enterradas, mientras que otras necesitan detectar la luz para saber que no están a demasiada profundidad.

Brote joven ❯ A continuación, emerge un brote de la semilla y crece hacia arriba hasta salir del suelo. Pronto empieza a producir alimento con la luz del sol.

Germinación ❯ La semilla está dormida hasta que detecta humedad y calidez. Entonces absorbe agua del suelo y cobra vida en un proceso conocido como germinación.

Primera raíz ❯ La mayoría de las semillas inician la germinación enviando una raíz hacia abajo, en el suelo, que absorbe agua y nutrientes del terreno y los envía al brote en desarrollo.

Hojas embrionarias ❯ A menudo, la primera hoja o el primer par de hojas de una planta con flor tienen un aspecto muy diferente de las hojas verdaderas que la plántula sacará más adelante, ya que las hojas embrionarias formaban parte del embrión que vivía en el interior de la semilla.

La cáscara de la semilla sigue unida a la plántula al salir del suelo.

Se formarán hojas nuevas en la parte superior del tallo.

La raíz tiene un fino vello que le ayuda a absorber todavía más agua.

Una semilla por dentro

Una semilla es un embrión de planta protegido por una dura capa exterior. Cuenta con una raíz y un brote, y las primeras hojas verdaderas. También tiene una reserva de alimento en forma de «hojas embrionarias».

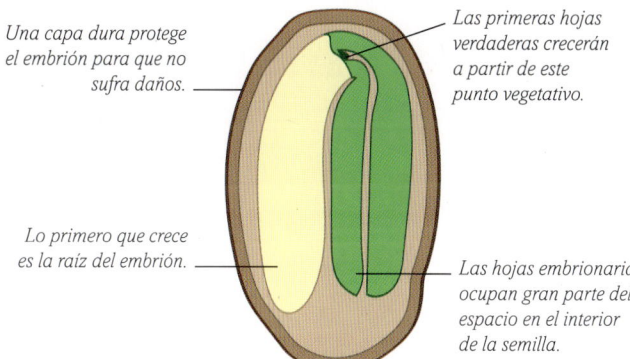

Una capa dura protege el embrión para que no sufra daños.

Las primeras hojas verdaderas crecerán a partir de este punto vegetativo.

Lo primero que crece es la raíz del embrión.

Las hojas embrionarias ocupan gran parte del espacio en el interior de la semilla.

Estructura de una semilla

¿Una o dos hojas?

Las plantas con flor pueden ser de dos tipos principales, monocotiledóneas y dicotiledóneas, según el número de hojas embrionarias que presenten. Las monocotiledóneas tienen una hoja embrionaria, y las dicotiledóneas tienen dos.

Dos anchas hojas embrionarias brotan de una semilla dicotiledónea.

Una sola hoja embrionaria sale por la parte superior del brote.

Semilla de maíz (monocotiledónea)

Semilla germinando (monocotiledónea)

Alubia blanca (dicotiledónea)

Semilla germinando (dicotiledónea)

Germinación precoz

A veces las semillas germinan antes de separarse de la planta progenitora. Esta germinación precoz puede apreciarse en forma de brotes creciendo en la parte exterior de un fruto, como puede observarse en esta fresa. En otros frutos, los brotes de las semillas en su interior pueden llegar a cruzar la pared de fruta.

Semilla germinando

Formas de las semillas

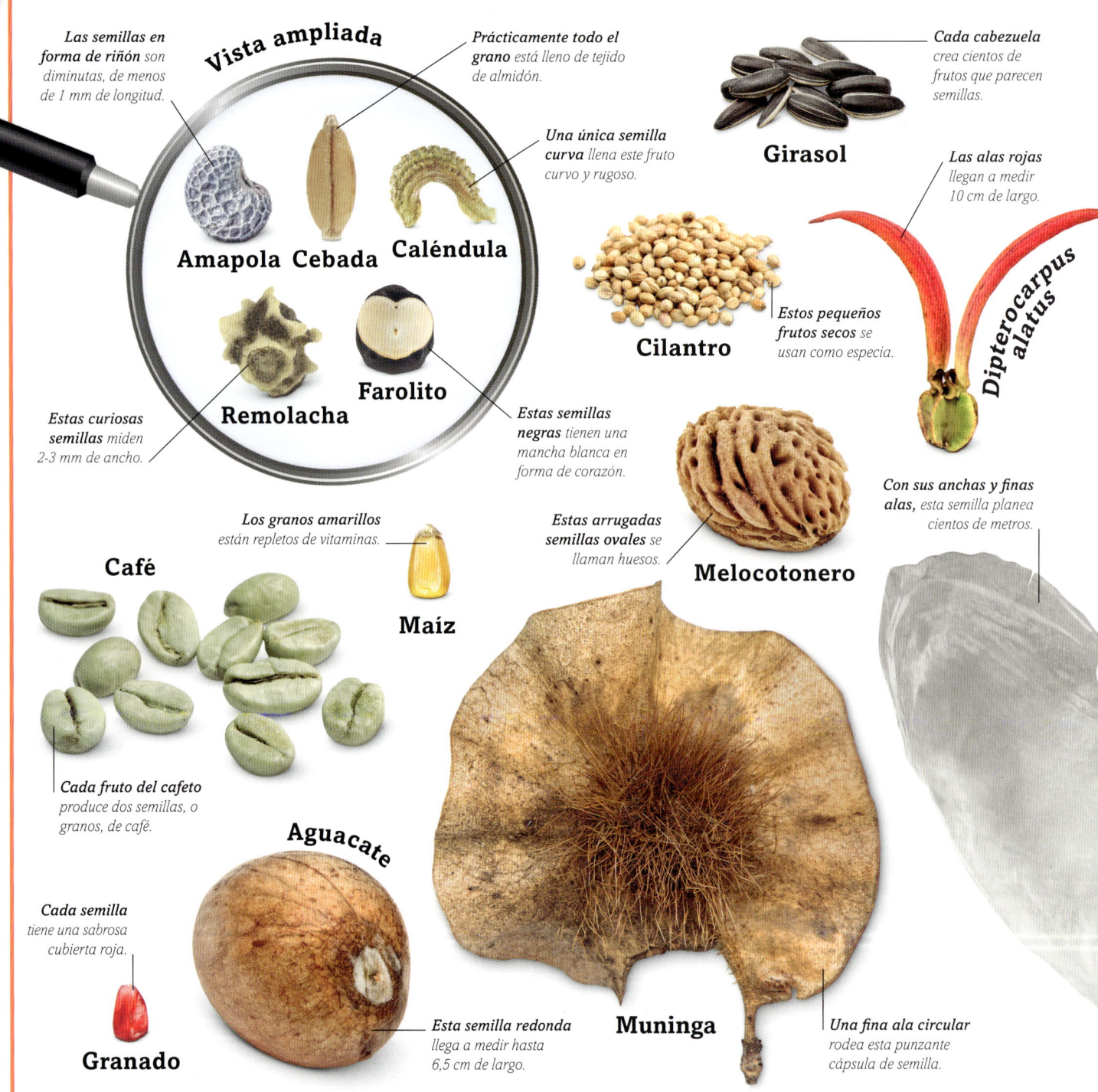

Vista ampliada

*Las semillas en **forma de riñón** son diminutas, de menos de 1 mm de longitud.*

*Prácticamente todo el **grano** está lleno de tejido de almidón.*

*Una única semilla **curva** llena este fruto curvo y rugoso.*

Amapola Cebada Caléndula

*Estas curiosas **semillas** miden 2-3 mm de ancho.*

Remolacha

Farolito

*Estas semillas **negras** tienen una mancha blanca en forma de corazón.*

Cada cabezuela crea cientos de frutos que parecen semillas.

Girasol

Las alas rojas llegan a medir 10 cm de largo.

Dipterocarpus alatus

Cilantro

Estos pequeños frutos secos se usan como especia.

*Con sus anchas y finas **alas**, esta semilla planea cientos de metros.*

Melocotonero

*Estas arrugadas **semillas ovales** se llaman huesos.*

Café

Los granos amarillos están repletos de vitaminas.

Maíz

Cada fruto del cafeto produce dos semillas, o granos, de café.

Aguacate

Cada semilla tiene una sabrosa cubierta roja.

Granado

Esta semilla redonda llega a medir hasta 6,5 cm de largo.

Muninga

Una fina ala circular rodea esta punzante cápsula de semilla.

Una semilla es un pequeño envoltorio que protege una planta joven y contiene todos los nutrientes que necesitará para germinar. Pese a hacer todas lo mismo, las semillas presentan distintas formas y tamaños, para que cada una sobreviva en su entorno concreto y se esparza sin acabar devorada por algún animal hambriento.

La gigantesca semilla del **coco de mar** tiene una gran reserva de nutrientes para que la nueva planta cuente con energía para crecer lejos de su madre. La **amapola** sigue otra estrategia para sobrevivir: en lugar de producir una gran semilla, produce miles de diminutas semillas para aumentar sus posibilidades. Las espinas de la semilla del **castaño de Indias** y de la vaina de

Castaño de Indias

Estas brillantes semillas tienen una cáscara con pinchos para protegerse.

Coco de mar

Estas semillas son las más grandes y pesadas; cada una llega a pesar hasta 18 kg.

Planas y circulares, son una buena fuente de proteínas.

Lentejas

Liana de Borneo

la semilla de la **muninga** disuaden los animales hambrientos, mientras que otras semillas, como las del **aguacate** y el **melocotonero**, son demasiado duras para poder masticarlas. A veces, lo que creemos una semilla puede que sea, en realidad, un fruto con semillas en su interior, como en el caso del **girasol**, el **cilantro** y la **caléndula**.

Zarzamora

Los ratones espigueros comen las jugosas bayas, y sus semillas acaban en los excrementos.

Diente de león

Esparcir las semillas

Cuando se agitan, las semillas del loto caen de la cápsula seca al lago o charca donde crece la planta.

Loto

Las semillas de bardana forman bolas de pinchos que pueden llegar a los 3 cm.

Bardana

Cada semilla tiene entre 90 y 110 pelos plumados que forman un paracaídas.

Las raíces fijan las plantas y no las dejan moverse. Si dejaran caer las semillas en el mismo lugar en el que están, las nuevas plantas supondrían más competencia por los nutrientes y la luz del sol. Por eso las plantas han desarrollado maneras de conseguir que sus semillas lleguen lejos en busca de nuevos lugares en los que crecer. Utilizan vainas explosivas, animales, el viento o incluso el agua para esparcir las semillas.

Las semillas tienen un ala que las hace girar como el rotor de un helicóptero.

Arce real

Una flor puede producir hasta 200 semillas.

Aliso

Cardo mariano

La cabezuela se seca y libera sus semillas de paracaídas plateados.

Los frutos del coco son herméticos y flotan en el agua del mar.

Las escamas leñosas del amento hembra (una espiga de flores) se abren para liberar las semillas.

Las semillas de mocundo de Cartagena tienen cinco alas que las hacen girar al caer.

Los mocundos de Cartagena brotan cuando su semilla cae al suelo de la selva.

Coco

Las bellotas son un alimento de otoño esencial para muchos animales: ardillas, pájaros carpinteros, ciervos, cerdos y osos.

Mocundo de Cartagena

Bellota

El agua y el viento llevan lejos las semillas. Las de **diente de león** y **cardo mariano** cuentan con unos paracaídas para que se las lleve la brisa, y las semillas de **arce** y **mocundo de Cartagena** giran al viento cuando se desprenden. Las del **coco** pueden viajar cientos de kilómetros llevadas por las corrientes oceánicas. Los animales son cruciales para esparcirlas. Al comer fruta, las semillas que no digieren salen con los excrementos. Las semillas de **bardana** tienen unos ganchos que se pegan al pelo de los animales para que las transporten. Las ardillas entierran cientos de **bellotas** cada otoño para el invierno. Muchas germinan y se convierten en nuevos robles.

Propagarse sin semillas

Menta

Se forman minúsculos plantones con raíces a lo largo de hojas carnosas.

Alrededor de la planta madre salen nuevos brotes de los tallos subterráneos.

Plantón

Lirio

Los tallos subterráneos se ven parcialmente a través de una fina capa de suelo.

Crecen nuevos tallos en el tocón del viejo árbol.

Haya

Madre de miles

Cada hoja puede producir decenas de diminutos plantones.

Algunas plantas han evolucionado para proliferar rápidamente por un área sin utilizar semillas. Para hacerlo, crean copias perfectas de ellas mismas utilizando tallos modificados, formando órganos de reserva bajo tierra o haciendo crecer pequeñas plantas en los extremos de las hojas.

La **menta**, la **fresa** y el **bambú** hacen crecer largos tallos, por debajo o sobre el suelo, de los que pueden brotar raíces y acabar creciendo hasta ser plantas nuevas. Los tallos rastreros subterráneos, o rizomas, de algunos **lirios** crean también nuevas plantas a medida que avanzan. Otras plantas, como el **boniato**, producen unos

Cinta

Estos tallos sacan raíces y hojas y se convierten en plantas independientes.

La planta progenitora saca tallos horizontales por el suelo.

Los nuevos brotes de bambú pueden crecer hasta 90 cm al día.

Fresa

Los plantones crecen en tallos colgantes.

CORREDORES

La fresa produce largos tallos, o corredores, que avanzan por el suelo, o justo por debajo. Las nuevas plantas crecen en los nudos de los corredores, que colonizan el terreno rápidamente.

Los corredores sacan raíces y crecen nuevas plantas.

Planta progenitora   Planta nueva

Los nuevos brotes crecen en las marcas conocidas como «ojos».

Boniato

Los tubérculos de raíz carnosos se utilizan a menudo como alimento.

Bambú

Los tallos subterráneos avanzan rápidamente y sacan nuevos brotes.

órganos de reserva subterráneos que se conocen como tubérculos. Si las inclemencias meteorológicas acaban con sus hojas, una nueva planta puede volver a crecer a partir del tubérculo. Las **cintas** hacen crecer nuevas hojas en la punta de los tallos colgantes, de los que brotan raíces al tocar el suelo. La **madre de miles** incluso va más allá: produce plantones minúsculos enteros, raíces incluidas, a lo largo del borde de sus hojas, que acabarán cayéndose de la planta madre y creciendo alrededor de su base.

Ciclo vital de una planta

La esperanza de vida de las plantas puede ir desde unos pocos meses hasta muchos años. Una amapola germinará, florecerá, sacará semilla y morirá en un año; este tipo de plantas se conocen como anuales. Otras plantas con flor viven varios años, acumulando reservas de alimento. Estas plantas se conocen como perennes. Cuanto más riguroso sea el clima, más largo será el ciclo de vida de sus plantas.

1 Las semillas quedan durmientes (inactivas) mientras esperan las condiciones idóneas para germinar.

8 El fruto se desarrolla y madura. El viento dispersa las nuevas semillas y el ciclo vuelve a empezar.

2 La germinación empieza cuando la semilla cuenta con el agua, la calidez y la luz necesarias para que produzca la primera raíz y un brote.

Floración lenta

En las alturas de los Andes, en Sudamérica, la titanca crece muy despacio. Hacen falta más de 80 años para que florezca y aparezca su enorme espiga de flores, de casi 10 m de altura y hasta 30 000 flores, que hace que el resto de las plantas que están a su alrededor parezcan enanas. Tras liberar millones de semillas, muere.

3 Las plántulas empiezan a producir hojas para captar luz, y más raíces para absorber agua del suelo para que crezcan más.

4 Se desarrollan los botones florales. En las plantas que florecen cada año (anuales) como las amapolas, el botón se puede formar pocas semanas después de la germinación.

Amapola

7 *La flor pierde sus pétalos cuando se poliniza. Las semillas se forman dentro del fruto.*

5 *Protegido por los verdes sépalos (unas estructuras en forma de hoja, a menudo peludas, en la base de la flor), el botón saca unos coloridos pétalos. Cuando la flor está a punto para abrirse, los pétalos estallan.*

6 *Cuando los pétalos se abren, el dulce néctar de su interior atrae los insectos, como las abejas, que polinizan la flor.*

¿Qué es una hoja?

Las hojas suelen ser estructuras verdes planas que crecen en el tallo de las plantas. Pese a su gran variedad de formas y tamaños, casi todas capturan la luz del sol y producen alimento para la planta. El color verde de las hojas se debe a un pigmento conocido como clorofila, que aprovecha la luz del sol para producir alimento en un proceso denominado fotosíntesis.

Enrejado de pequeños nervios ❯
Unas redes de diminutos nervios conectan los tejidos verdes de la hoja con el nervio principal del interior del raquis y el tallo.

Estomas ❯ Los estomas, unos minúsculos poros del envés, la cara inferior de la hoja, se abren de día para absorber dióxido de carbono, y se cierran de noche para no perder agua.

Envés de una hoja de manzano

Pecíolo ❯ Es el tallo rígido que conecta la hoja con el tallo de la planta. En algunas plantas, este tallo puede ayudar a mover las hojas para orientarse hacia el sol y poder absorber más luz.

Lámina ❯ La parte plana se conoce como la lámina de la hoja. Es el tejido verde que absorbe la luz del sol para elaborar el azúcar que necesita la planta para crecer.

Nervio central ❯ Este conducto grueso que avanza por el centro de la hoja contiene el vaso principal. También aporta estructura a la hoja para evitar que se doble y acabe rompiéndose.

Hoja de manzano

Nervio ❯ Los nervios de las plantas tienen dos tipos de tubos en su interior: uno, el xilema, lleva agua de las raíces a los brotes. El otro, conocido como floema, transporta azúcares por la planta.

Fotosíntesis

Las plantas elaboran su propio alimento en un proceso conocido como fotosíntesis. Sus hojas contienen un pigmento que capta la luz conocido como clorofila. Este agente químico verde utiliza la energía del sol para convertir el dióxido de carbono del aire y el agua del suelo en alimento (en forma de azúcares) y oxígeno.

La luz del sol aporta la energía necesaria para realizar la fotosíntesis.

El dióxido de carbono penetra en la hoja.

Se libera oxígeno.

Se produce azúcar en el tejido verde de las hojas.

Las raíces absorben agua y minerales, que suben por el tallo.

Hojas otoñales

Al acercarse el otoño, se repone menos clorofila, un pigmento verde, de la que se gasta. Con un nivel de clorofila inferior se hacen más evidentes los otros pigmentos de las hojas, como los naranjas y amarillos. Las plantas producen también pigmentos rojos y púrpuras. Estos cambios resultan en el precioso espectáculo otoñal de los colores de las hojas.

Hojas de arce en otoño

Hojas simples

Las hojas jóvenes tienen cinco puntas marcadas; las viejas son más redondeadas.

Astada

Hiedra común

Diente de león

Estas hojas dentadas contienen una savia lechosa y amarga llamada látex.

Dividida

Victoria regia

Las hojas del arce azucarero se tornan rojas antes de caer en otoño.

Circular

Palmeada

Desarrollan grandes agujeros cuando la planta envejece, de hasta 90 cm de longitud.

Arce azucarero

Costilla de Adán

Los nervios parten del tallo en el centro de la hoja.

Ovalada

Cordada

Capuchina   Circular

Los pinchos de los bordes protegen las hojas de los animales herbívoros.

Acebo

Una hoja suele estar compuesta por una superficie plana, conocida como lámina, que contiene una red de nervios. Estos le dan estructura y transportan el agua y los minerales del resto de la planta. Una hoja simple tiene una lámina única, sin dividir.

Las hojas simples son de muchos tamaños y formas; las que se adapten mejor al hábitat tendrán más fácil proliferar. En la húmeda selva tropical, las hojas son grandes, y en condiciones más secas suelen ser más pequeñas. La forma de las hojas de algunas plantas, como las de la **hiedra común** y el **ginkgo**,

Ginkgo

Flabelada

Los nervios se abren en forma de abanico en lugar de formar una red.

Estas gigantescas hojas crecen hasta 3 m de ancho.

Sagitada

Roble

Las hojas de roble, que pueden crecer hasta 10 cm de largo, cobran un color marrón y caen en otoño.

Dividida

Los bordes dentados son más típicos en hojas de países más fríos.

Eucalipto

Triangular

Abedul

Esta hoja contiene un aceite tóxico para evitar acabar siendo devorada por los predadores.

Lanceolada

Taro

Las hojas cerosas repelen el agua, por lo que esta planta de la selva tropical se deshace rápidamente del agua de la lluvia.

Las hojas finas en forma de cuchillo son habituales en las gramíneas.

Lineal

Trigo

cambia cuando crecen y tienen más acceso a la luz del sol. La **costilla de Adán** y el **taro** crecen en las selvas tropicales; tienen las hojas cerosas y picudas para evacuar mejor el agua. Otra planta de la selva tropical, la **victoria regia**, tiene unas hojas gigantes que extiende por la superficie de los lagos para capturar mucha luz. Se cree que los bordes dentados de las hojas del **arce azucarero** ayudan a conservar mejor el calor que los bordes lisos, lo que permitiría a las plantas crecer a mayor velocidad en el frío clima primaveral.

Hojas compuestas

Mimosa sensitiva

Las hojuelas tardan unos tres segundos en cerrarse.

Bipinnada

Las hojas plumadas se vuelven de un color amarillo dorado en otoño.

Guapinol

Bifoliada

Las brillantes hojuelas verdes parecen la pezuña de una vaca.

Tamarindo

Lupino

Las hojas del lupino joven son como un **abanico cerrado** y se **abren** al crecer.

Redondeadas, pueden tener hasta 17 hojuelas.

Digitada

Paripinnada

Las hojuelas ovaladas se pliegan de noche y se abren durante el día.

Las hojas compuestas se dividen en dos o más partes llamadas hojuelas. Estas crecen a lo largo del tallo, como si fueran plumas, o a partir de un solo punto, en forma de abanico. Las hojas compuestas presentan todo tipo de formas y tamaños.

Una hoja compuesta tiene hojuelas separadas de menos superficie que una hoja simple. En una región seca sirve para reducir la cantidad de agua evaporada. Las hojas compuestas, como las del **lupino**, vibran menos que las simples con el viento y es menos probable que se rompan y se

Acacia de tres espinas

Cada hojuela tiene nervios que parten del tallo principal.

Paripinnada

Un único tallo se divide en cuatro hojuelas en forma de corazón.

Pentafoliada

Castaño de Indias

Tetrafoliada

Alazán rosado de cuatro hojas

El tallo plano de la hoja parece una segunda hoja por debajo de la hoja real.

Debe su nombre a la parte inferior plateada de las hojas.

El tallo de la hoja (abajo) parece la hoja real

Pomelo

Helecho plateado

LA HOJA MÁS LARGA

Las hojas de la rafia llegan a crecer unos sorprendentes 25 m de largo, el doble que un autocar.

25 m

Hoja de rafia

Bipinnada

Sus hojuelas suelen tener una franja blanquecina en forma de V.

Trébol blanco

Trifoliada

caigan. Tener hojas compuestas también puede ayudar las plantas a evitar que se las coman. Las hojuelas de la **mimosa sensitiva** se pliegan rápidamente si las toca algún animal, y las del **tamarindo** se cierran de noche para parecer más pequeñas y menos apetitosas a ojos de los herbívoros. Algunas hojas compuestas crecen muy deprisa para que los árboles como la **acacia de tres espinas** puedan captar el máximo de luz antes de perder las hojas en invierno. El **pomelo** tiene una curiosa hoja compuesta con un tallo plano que parece otra hoja y ayuda a captar la luz.

Plantas con patrones

Las partes más claras no extraen energía de la luz del sol y frenan el crecimiento de la planta.

Estas flores rosa claro tienen manchas de color más oscuro en los dos pétalos superiores.

Geranio

Maguey de mezcal

Las áreas de los nervios no producen el pigmento rojo; por eso son blancas.

Las marcas blancas parecen daños causados en el interior de la hoja por un insecto.

Ala de ángel

Los puntos blancos imitan los daños del agua para evitar que la hoja sea comida.

Una infección es la causa de las diferentes franjas de colores.

Flor de flamenco

Tulipán

Hydrophyllum virginianum

Las plantas variegadas, de varios colores, son populares en jardinería pero raras en la naturaleza. Las partes verdes de las hojas son las que capturan la luz del sol para lograr energía, mientras que las manchas blancas o amarillas frenan el crecimiento.

Los jardineros han cultivado plantas con patrones en hojas y flores por su belleza. Las hojas contorneadas del **maguey de mezcal** y el **acebo**, y las bonitas flores del **geranio**, la **flor de flamenco** y la **dalia** son muy raras en las plantas silvestres.

Begonia

Rosa

Las zonas blancas no son capaces de producir color.

Calatea

Las manchas plateadas también pueden producir alimento y colaborar en el crecimiento de la planta.

La **begonia** tiene **semillas** tan **pequeñas** que parecen **polvo**.

Estas hojas con pinchos son muy resistentes. El acebo puede llegar a crecer hasta una altura de 15 m.

Acebo

Sus hojas pueden tener muchos patrones, desde mosaicos hasta rayas.

Las flores de color azul púrpura, salpicadas de puntos blancos, parecen un cielo estrellado.

Dalia

Solo las puntas de esta flor crean el pigmento rosa.

Petunia

En el siglo XVII los **tulipanes** de flor rayada estaban muy en boga en los Países Bajos, donde se vendían por grandes sumas. Más tarde se descubrió que las delicadas marcas de los tulipanes eran el resultado de una infección. El **ala de ángel** y el *Hydrophyllum* *virginianum* son algunas de las pocas plantas que muestran patrones naturales en las hojas. Ambas tienen motas blancas, lo que les da un aspecto de haberse echado a perder y son menos apetitosas. Así se reduce la probabilidad de que los insectos se las coman.

ESPIRALES SIMÉTRICAS
Si haces dar vueltas a un girasol, el dibujo de la cabeza de la flor se ve igual desde todos los lados. Esto es así porque la cabeza del girasol es simétrica radialmente: sus inflorescencias forman dos espirales que comienzan en el mismo punto del centro de la flor y giran en direcciones opuestas, una en el sentido de las agujas del reloj y la otra en el sentido contrario.

La simetría radial aparece en todo el mundo vegetal, desde las margaritas hasta las piñas. Las espirales siguen un patrón que se conoce como secuencia de Fibonacci, que debe su nombre al matemático italiano que la descubrió. En esta secuencia, cada número es la suma de los dos anteriores. El patrón comienza con 1, 1, 2, 3, 5, 8, 13, 21, y así sucesivamente. Los números de Fibonacci son comunes en la naturaleza porque es la mejor manera de tener la mayor cantidad de flores, hojas o semillas en un espacio reducido. Una cabeza de girasol se compone de muchas inflorescencias diminutas: las oscuras están abiertas, y las del centro, cerradas. Cada flor crece pegada a la anterior, sin huecos y maximizando la exposición a los polinizadores.

Buenas defensas

Un animal puede huir de sus predadores, pero las plantas no pueden escapar de los herbívoros. Por ello han desarrollado formas ingeniosas de tener mal aspecto, saber mal, o parecer peligrosas para que los animales pasen de largo. Las defensas de las plantas van desde los pinchos afilados hasta las sustancias tóxicas.

Los bordes afilados de las hojas protegen esta suculenta.

Las hojas están recubiertas de cristales en forma de aguja, lo que hace que no sean muy apetitosas.

Cristales gris plata

Espina de camello

Al desarrollarse por completo, las espinas pueden llegar a crecer hasta 6 cm.

Las hojas de té contienen tanino, de sabor amargo, que evita que los animales se las coman.

Agave tequilero

Los aguijones del tallo lo protegen de los animales hambrientos.

Té

Cardo

Los insectos tienen dificultades para masticar estas hojas peludas.

Las partes hinchadas son el hogar de hormigas que ayudan a ahuyentar los predadores y, por lo tanto, protegen la planta.

Lecanopteris sinuosa

Oreja de liebre

Para disuadir los predadores, la **espina de camello** tiene afiladas espinas, y el **tojo** crea unas hojas puntiagudas o aguijones. Las espinas pueden ser extensiones del tallo de las plantas, como en los **rosales**. Otra estrategia de defensa vegetal es el uso de sustancias químicas. Algunas plantas, como el **té**, el **thlalayotl de México** y el **agave tequilero**, producen agentes químicos de sabor asqueroso o irritantes que ahuyentan los animales que las quieren morder. Los puntos en las hojas de la **flor de la pasión** tienen una ingeniosa defensa de imitación: parecen llenas de huevos de mariposa, y las mariposas de verdad pasan de largo.

Las espinas crecen hasta los 7 cm.

Flor de la pasión

Thlalayotl de México

La pastosa savia blanca de esta planta con flor es tóxica para muchos herbívoros.

Espina silbante

Los puntos de la hoja parecen huevos de mariposa amarillos.

Estas espinas hinchadas están habitadas por hormigas que protegen la planta de los herbívoros.

Los rígidos pinchos que cubren la planta pueden llegar a los 6,5 cm de largo.

Algunas aves pequeñas **anidan** en el **espinoso** tojo para protegerse de los predadores.

Tojo

Las yemas contienen flores amarillas con olor a coco.

Los tallos y las hojas están cubiertos de pelos urticantes.

Ortiga

Los pelos, como agujas, inyectan una dolorosa mezcla de sustancias.

Rosal

Las espinas del rosal apuntan hacia abajo para evitar que los predadores se encaramen.

Pelos urticantes

Plantas y nitrógeno

Las plantas utilizan la energía de la luz del sol para convertir el dióxido de carbono y el agua en los azúcares que necesitan para crecer. Para ello, también necesitan proteínas que contengan nitrógeno. A pesar de que este gas vital ocupa dos tercios del aire que respiramos, son incapaces de absorber el nitrógeno del aire. En cambio, dependen de unos organismos minúsculos del suelo para elaborar nitratos a partir del nitrógeno del aire y de los restos en descomposición.

Ciclo del nitrógeno

Todas las plantas, animales y otros seres vivos contienen nitrógeno. Cuando mueren, hongos y bacterias descomponen sus restos, lo que acaba formando nitratos. Las plantas los aprovechan para elaborar proteínas que pueden comer los animales. Así, el nitrógeno se recicla continuamente entre el aire, el suelo y los seres vivos en un proceso que se denomina ciclo del nitrógeno.

1 *El gas nitrógeno pasa del aire al suelo. Los rayos también pueden convertir el gas nitrógeno en nitratos.*

2 *Algunas bacterias del suelo pueden convertir el gas nitrógeno en amoniaco, que a su vez puede convertirse en nitratos. Unas bacterias similares, conocidas como bacterias de fijación del nitrógeno, viven en las raíces de algunas plantas, como los guisantes.*

3 *Las plantas absorben los nitratos disueltos en el agua que sus raíces absorben del suelo. Utilizan los nitratos a fin de elaborar las proteínas esenciales para el crecimiento.*

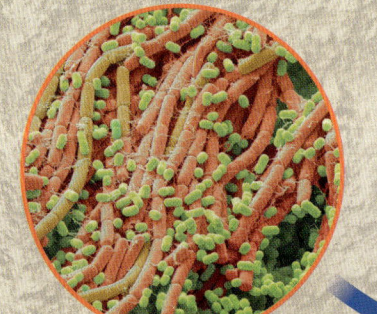

Bacterias de fijación del nitrógeno

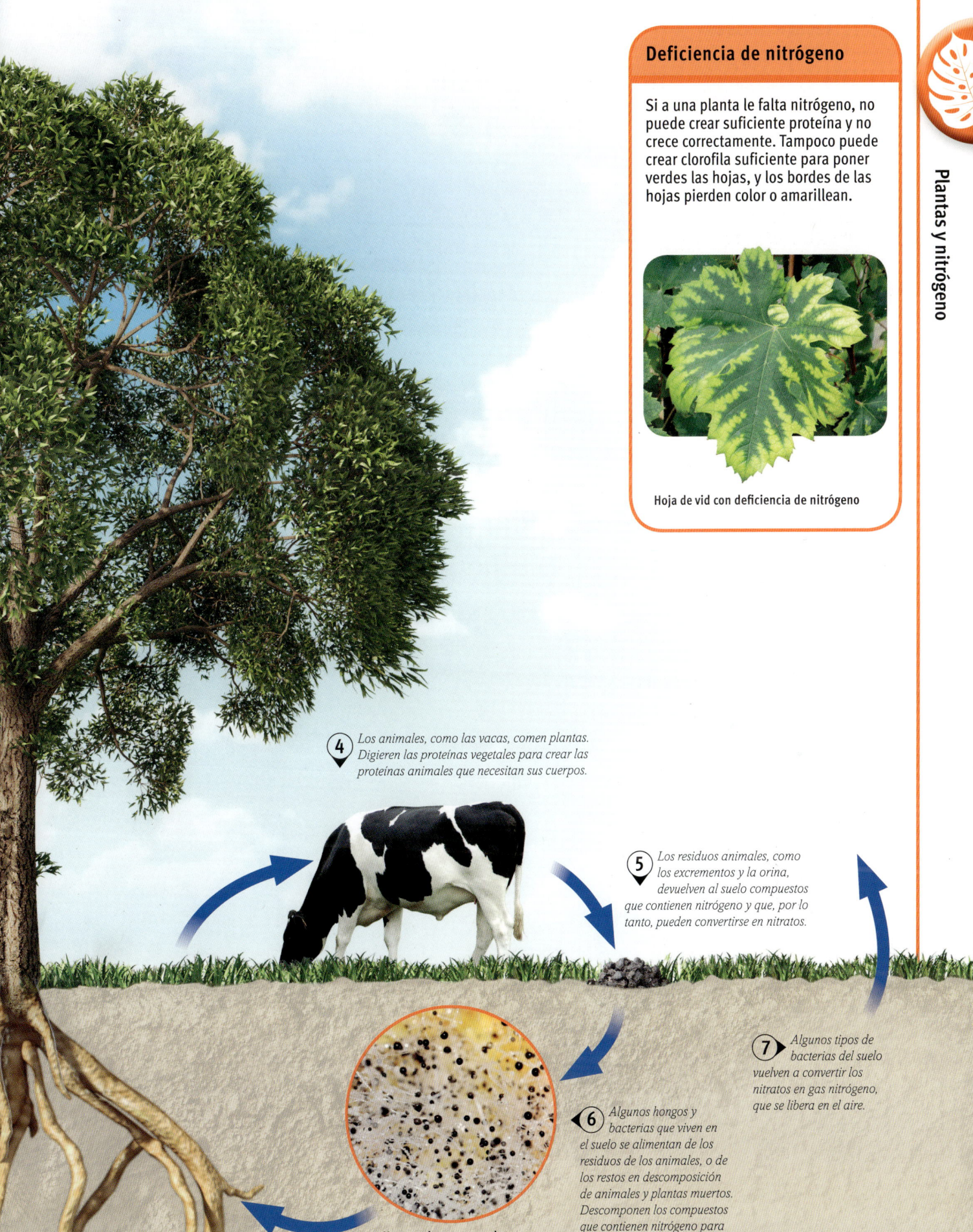

Deficiencia de nitrógeno

Si a una planta le falta nitrógeno, no puede crear suficiente proteína y no crece correctamente. Tampoco puede crear clorofila suficiente para poner verdes las hojas, y los bordes de las hojas pierden color o amarillean.

Hoja de vid con deficiencia de nitrógeno

4 *Los animales, como las vacas, comen plantas. Digieren las proteínas vegetales para crear las proteínas animales que necesitan sus cuerpos.*

5 *Los residuos animales, como los excrementos y la orina, devuelven al suelo compuestos que contienen nitrógeno y que, por lo tanto, pueden convertirse en nitratos.*

7 *Algunos tipos de bacterias del suelo vuelven a convertir los nitratos en gas nitrógeno, que se libera en el aire.*

6 *Algunos hongos y bacterias que viven en el suelo se alimentan de los residuos de los animales, o de los restos en descomposición de animales y plantas muertos. Descomponen los compuestos que contienen nitrógeno para liberar los nitratos en el suelo.*

Hongos descomponedores

PLANTAS
SIN FLOR

Plantas sin flor

Las plantas terrestres más antiguas de la Tierra son las plantas sin flor que evolucionaron hace millones de años. Las primeras eran plantas simples como las hepáticas, los musgos y los antoceros, que crecen en lugares húmedos para evitar secarse. Los helechos son más complejos, pero aun así tienen que vivir en entornos húmedos. En lugar de producir semillas, casi todas las plantas sin flor se reproducen utilizando unas diminutas esporas que se lleva el viento o el agua. Solo las gimnospermas, un grupo de plantas sin flor que incluye las coníferas, producen piñas con semillas en el interior.

Ciclo de vida del musgo

La cápsula de esporas del musgo libera las esporas al viento. Cuando aterrizan, estas esporas se convierten en brotes con hojas y unos órganos sexuales minúsculos. Al llover, las células masculinas, los espermatozoides, llegan a los óvulos y los fecundan. De cada óvulo fecundado sale un nuevo brote y el ciclo vuelve a empezar.

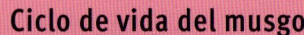

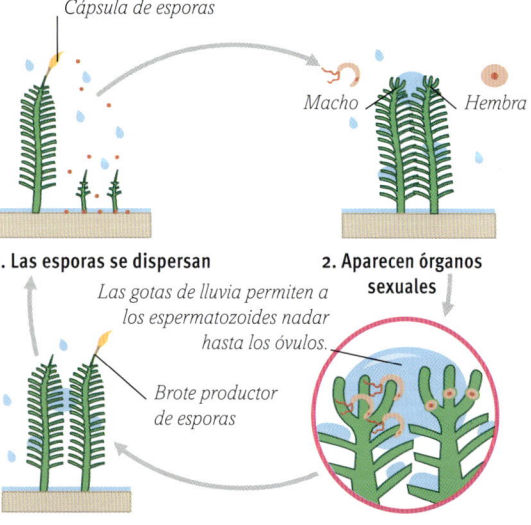

Cápsula de esporas

Macho   *Hembra*

1. Las esporas se dispersan

Las gotas de lluvia permiten a los espermatozoides nadar hasta los óvulos.

Brote productor de esporas

2. Aparecen órganos sexuales

4. La cápsula de esporas crece

3. Fecundación

Fábrica de alimento ❯

El gametofito es la parte verde en forma de hoja del musgo. Produce alimento con la energía del sol. No contiene vasos para transportar el agua ni los nutrientes, pero su superficie es tan fina que sencillamente la cruzan al empaparse.

Cápsula ❯ En la punta de cada esporofito en forma de hilo se forma una cápsula que produce esporas. Cuando estas maduran, la tapa de la cápsula se rompe para revelar una rendija por la que se liberan las esporas. Cada cápsula contiene cientos de miles de minúsculas esporas que se lleva el viento.

Los esporofitos marrones no producen su propio alimento, sino que dependen del gametofito verde.

Bryum capillare

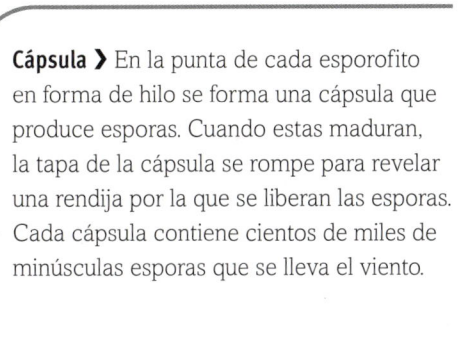

Plantas sin flor

Hepática
Las primeras plantas terrestres fueron las minúsculas hepáticas, que aparecieron hace unos 470 millones de años. Actualmente existen unas 9000 especies de hepáticas.

Musgo
Los musgos crecen en grupos esponjosos, a menudo en áreas de sombra. Aunque se parezcan, hay unos 12 000 tipos diferentes de musgos por todo el mundo.

Antoceros
A estas plantas les encanta la humedad, deben su nombre a los esporofitos en forma de cuerno, e incluso pueden crecer bajo el agua.

Licopodio
Las espigas marrones que producen esporas de los licopodios se alzan en la punta de tallos que parecen de musgo, pero al contrario que este, las partes verdes son los esporofitos.

Cola de caballo
La cola de caballo tiene unas hojas que parecen pelos y suben por el tallo como un cepillo redondo, y producen esporas en estructuras en forma de piña en la punta del tallo.

Esporofito ❯ La estructura en forma de columna que produce las esporas y que sobresale del cuerpo verde del musgo es un esporofito. Empieza a crecer cuando un espermatozoide fecunda un óvulo.

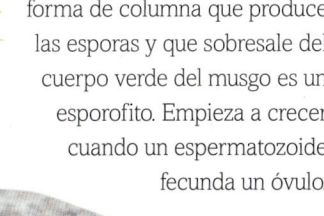

Plantas antiguas

Los primeros animales vivían en un mundo lleno de plantas, pero estas eran distintas a las actuales. Los primeros dinosaurios jamás vieron las flores, y los herbívoros pastaban musgos y colas de caballo y no hierbas. Muchas de estas plantas antiguas han desaparecido, pero algunas continúan aún proliferando en la actualidad.

Thuidium tamariscinum

Los brotes en forma de estrella van desde el verde amarillento hasta el marrón rojizo.

Los tallos productores de esporas crecen hacia arriba, lo que hace que las esporas vuelen más lejos.

Brotes plumados *que parecen minúsculas frondas de helecho.*

Musgo común

Musgo de estrellas

Los musgos absorben agua y nutrientes de la lluvia y el polvo.

Esta diminuta y espesa hepática crece en suelos húmedos.

Lycopodiella inundata

Los brotes de esta planta son brillantes.

Blasia pusilla

Hylocomium splendens

Las primeras plantas terrestres aparecieron más o menos junto con los primeros insectos. Las primeras hepáticas, parientes de *Blasia pusilla* y la **hepática de las fuentes**, evolucionaron hace unos 470 millones de años. Sin raíces, tallos ni flores, vivían en lugares húmedos y solo absorbían agua a través de su superficie. Más tarde llegaron los **antoceros** y los **musgos**, con brotes más complejos y parecidos a hojas, como los de *Thuidium tamariscinum* y *Hylocomium splendens*. Sin vasos para transportar agua y nutrientes del suelo a los brotes, son plantas pequeñas. Sin embargo, los licopodios y las colas de caballo, como *Lycopodiella inundata*, el **musgo derecho** y la **cola de caballo**, tienen vasos por el interior del tallo y pueden crecer más.

Este musgo parece una esponja y puede contener gran cantidad de agua.

Polytrichum commune

Este musgo inusualmente alto puede llegar a crecer hasta los 40 cm.

Musgo de turbera

MUSGO SANADOR

El musgo de turbera es absorbente y muy ácido, por lo que sirve para evitar la proliferación de bacterias y hongos. Durante la Primera Guerra Mundial (1914-1918), a veces se envolvía el musgo de turbera con vendas para aplicarlo sobre las heridas de los soldados. Así se evitaba la aparición de infecciones y se curaban antes.

Gasa hecha con musgo de turbera

Vendaje con musgo de turbera

Se **estudia** la hepática de las fuentes para conocer la **evolución** de las **plantas**.

Estos minúsculos tallos verticales parecen pequeñas coníferas.

Las gotas de lluvia salpican las plantas jóvenes que crecen en el interior de estos vasos.

Hepática de las fuentes

Cola de caballo

Estructura en forma de vaso

Las piñas encargadas de producir esporas crecen en la punta de los tallos fértiles.

Cada cápsula produce miles de minúsculas esporas.

Brachythecium velutinum

Musgo derecho

Fronda ❯ Las hojas de los helechos se llaman frondas y se dividen en secciones más pequeñas, lo que aumenta la superficie de la hoja para capturar la luz del sol. Las frondas, además de realizar la fotosíntesis para producir alimento para el helecho, también son importantes para la reproducción.

Helecho macho

Folíolo ❯ Cada pequeño segmento de las frondas de los helechos que crece desde el tallo central, o raquis, se conoce como folíolo.

¿Qué es un helecho?

Báculo ❯ Las nuevas frondas se desarrollan en forma de espirales muy cerradas que se conocen como báculos y que se despliegan a medida que crece la hoja.

Los helechos son plantas sin flor que no producen semillas, sino que se reproducen a través de unas esporas diminutas que se lleva el viento. Las hojas de los helechos se conocen como frondas, y crecen a partir de tallos subterráneos. Las esporas se crean en la cara inferior de las frondas.

Raíz ❯ Los helechos tienen unas raíces muy parecidas a las de las plantas con flor. Absorben agua y nutrientes del suelo, y ayudan a fijar el helecho al terreno.

Soros ❯ Las esporas se producen en unas estructuras marrones conocidas como soros, que se encuentran en la cara inferior de las frondas. Estos soros se ordenan en motas o líneas según el tipo de helecho.

Raquis ❯ La parte superior del tallo se conoce como raquis. Es la columna vertebral de la fronda.

Estípite ❯ El rígido tallo de la parte inferior de la planta se conoce como estípite. A menudo está cubierto de escamas o pelos para protegerse.

Rizoma ❯ El tallo principal de la mayoría de los helechos se conoce como rizoma y está en la superficie o justo por debajo, aunque en algunos helechos arbóreos los tallos se pueden desarrollar en forma de tronco alto y leñoso. Las frondas del helecho emergen del rizoma, a menudo demasiado pequeño para verlo.

Helecho fosilizado

Hace casi 360 millones de años que los helechos aparecieron por primera vez en ciénagas musgosas. Algunos helechos eran grandes, parecían árboles y llegaban hasta los 3 m de altura. El fósil de la imagen muestra un helecho extinto, muy parecido a algunos modernos como el helecho macho.

Este helecho debe su nombre a la disposición de las hojuelas, que tienen forma de peine. Pecopteris *es el vocablo griego para decir* peine.

Fósil de helecho *Pecopteris*

Frondas de helecho

Helecho macho

Este helecho en forma de pluma es autóctono de gran parte de Europa, Asia y Norteamérica.

Estas simples frondas se dice que se parecen a la lengua del ciervo.

Las frondas en espiral se conocen como báculos porque se parecen al cayado de los obispos.

Lengua cervina

Píjaro

Los grupos de frondas parten de un corto tallo de la base

Helecho arbóreo

Disposición en forma de árbol

Las motas marrones que producen esporas en el lado inferior se denominan soros.

Helecho acebo

Los helechos están entre las plantas terrestres más primitivas. Suelen vivir en los sombreados suelos del bosque y sacan unas hojas muy grandes, las frondas, para poder captar la máxima luz solar. Muchos tienen hojas con la misma forma, con hojuelas que se dividen y se vuelven a dividir. No dan flores, sino que producen unas diminutas esporas, en la parte inferior de las hojas, que el viento se lleva y se convertirán en nuevas plantas.

Culantrillo

Diversas hojuelas en forma de abanico componen cada fronda.

Sus hojas son plateadas en primavera y verdes en verano.

Helecho corazón

Lecanopteris sinuosa

Estas brillantes hojas pueden tener forma de corazón o de punta de flecha.

Los fósiles indican que los **helechos** ya existían hace **360 millones** de años.

Helecho pintado japonés

Helecho avestruz

Los segmentos de la hoja se despliegan a medida que se desenrolla el tallo principal.

Helecho zanahoria

Las altas hojas agrupadas se pueden desenrollar hasta una longitud de 170 cm.

Las plumadas frondas de esta planta recuerdan las hojas de la zanahoria.

El borde de cada fronda está repleto de puntos productores de esporas.

Las matas de helecho águila proliferan en bosques abiertos y pastos.

Helecho águila en el suelo del bosque

Helecho águila

Hay 10 500 especies de helechos, y algunas tienen frondas simples sin dividir, como la **lengua cervina** y el **helecho corazón**. La mayoría son verdes, aunque los hay de colores, como el **helecho pintado japonés**, con sus hojas plateadas de nervios púrpura. En muchas especies, las regiones marrones que producen las esporas de la cara inferior de las frondas se ordenan en patrones o formas, como las líneas de motas del **helecho acebo**. En general, el viento se lleva las diminutas esporas, aunque las hormigas que habitan los tallos huecos de *Lecanopteris sinuosa* también ayudan la planta a diseminarlas.

DIETA DE DINOSAURIO
Hasta hace unos 140 millones de años, no había plantas con flor sobre la faz de la Tierra. Algunos gigantescos dinosaurios herbívoros del periodo jurásico pastaban las copas de los árboles para comerse el duro y fibroso follaje de los pinos que existían por aquel entonces. Otros se acercaban al suelo para arrancar las frondas de los bajos y nutritivos helechos y colas de caballo.

Esa época se caracterizó por un clima cálido y húmedo, y no había hielo en los polos. Este clima facilitó la proliferación de densos bosques de coníferas, ginkgos, licopodios, cícadas y helechos arbóreos. Los dinosaurios como estos dos Diplodocus, que vivían en la actual Norteamérica, tenían cuellos largos y flexibles para llegar a las alturas de los árboles y alimentarse.

Incluso podían ponerse en pie sobre las patas traseras para llegar aún más arriba. Como los elefantes, rompían muchos árboles, creando áreas abiertas en las que abundaban plantas más pequeñas, como los helechos. Diplodocus también se alimentaba de ellos, peinando los tallos con sus afilados dientes para arrancar el follaje verde y tragárselo sin masticar.

Las piñas de las coníferas

Cada piña de conífera contiene células masculinas o femeninas de las coníferas. En las plantas sin flor como los pinos, las piñas equivalen a las flores. Las semillas de las coníferas no se hallan en sus frutos, sino que se desarrollan entre las escamas de las piñas hembra polinizadas. Las escamas protegen las semillas hasta que se han desarrollado por completo, y después se abren para liberarlas.

Escamas cerradas ❯ Las piñas hembra contienen óvulos (grupos de células femeninas) que se convertirán en semillas si el polen las fertiliza. Los granos de polen son tan pequeños que, cuando se los lleva el viento, se cuelan por el espacio entre las escamas y penetran en los óvulos.

Piña cerrada de pino negral de Austria

Piñas macho y hembra

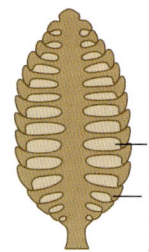

Las duras escamas encierran los óvulos, que se forman en las finas escamas del interior.

Cesta de polen   Óvulo

Estas blandas escamas contienen cestas de polen con granos de polen en el interior.

Piña macho   **Piña hembra**

La mayoría de las coníferas tienen piñas macho y hembra separadas. Las piñas macho, largas y blandas, producen polen, mientras que las hembras, más leñosas, contienen óvulos que se convertirán en semillas tras la fecundación. Los granos de polen son diminutos, parecen polvo, y el viento se los lleva con facilidad.

Otros árboles con piñas

Cícadas Parecen palmas y pueden vivir más de 1000 años. Son de crecimiento muy lento y desarrollan estróbilos que se parecen a las piñas de las coníferas.

Welwitschia Solo viven en el desierto del Namib, en África, y son machos o hembras. No son coníferas auténticas, pero las hembras presentan piñas con semillas en su interior.

Ginkgo Estos árboles pueden ser machos o hembras. Los machos tienen piñas con polen, y las hembras producen semillas que se hinchan y parecen los frutos de los árboles con flor.

Escamas abiertas ❯ Cuando las semillas del interior de la piña están listas, el clima seco hace que las piñas se abran o incluso se caigan de los árboles para que el viento se pueda llevar las semillas.

La piña cuenta con duras escamas leñosas que se abren un poco para permitir la fecundación y se cierran a continuación para proteger las semillas en desarrollo.

Sección transversal de una piña hembra

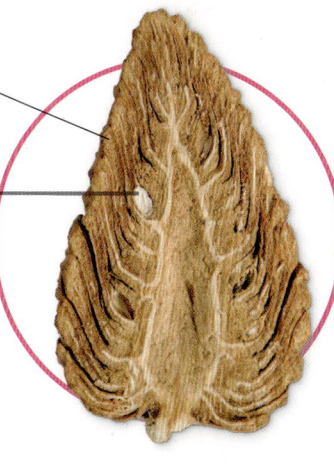

Semilla ❯ Las semillas de conífera pueden tardar hasta dos años en madurar. Están unidas a unas escamas finas que actúan a modo de alas, gracias a las cuales el viento se las lleva en el momento adecuado.

Semilla alada

Piña abierta de pino negral de Austria

Pinos y agujas

Las agujas pueden permanecer verdes más de 45 años.

Las agujas del cedro tienen aceites que se usan en perfumes y colonias.

Penachos de agujas

Este árbol es el pino más pequeño y suele crecer tan solo unos 3 m de alto.

Pino longevo

Pino enano siberiano

Cedro del Atlas

Este cedro asiático tiene unas ramas caídas características.

El follaje de este árbol se utiliza durante las Navidades en México.

El pino **longevo** puede **vivir** más de **5000 años**.

Cedro del Himalaya

Oyamel

La familia del pino se compone de más de 200 tipos de coníferas e incluye pinos, abetos, píceas, alerces y cedros. Aunque se parezcan, estos árboles con piñas tienen unos patrones concretos de hojas en forma de aguja que pueden servir para distinguirlos.

Las agujas de los pinos, como el **pino longevo** y el **pino de azúcar**, crecen en grupos de dos a cinco hojas a partir de una sola yema. Las agujas de cedro, como el **cedro del Líbano**, también crecen en grupos, pero suelen tener entre 15 y 45 agujas y ser más cortas que las de pino. Los abetos,

En Europa es habitual utilizar abetos jóvenes como árboles de Navidad.

Agujas afiladas y puntiagudas

Este árbol de crecimiento lento pero resistente tiene una esperanza de vida de entre 150 y 600 años.

Las agujas crecen en grupos de cinco, y pueden alcanzar los 11 cm.

Pícea del Colorado

Sus cortas agujas se vuelven naranjas y doradas en otoño.

Alerce americano

Abeto común

Este ancho árbol puede llegar a los 40 m de altura, es el emblema nacional del Líbano y aparece en su bandera.

Agujas en círculo

Cedro del Líbano

Este alto árbol puede crecer a gran velocidad y superar los 95 m de altura.

Pícea de Sitka

Pino de azúcar

como el **abeto común**, tienen agujas planas y separadas que crecen en las ramas. Las píceas, como la **pícea del Colorado** y la **pícea de Sitka**, tienen afiladas agujas de cuatro caras. Las agujas del alerce son especialmente insólitas, porque, al contrario que la mayoría de las coníferas, no son de hoja perenne sino caduca. En otoño, las agujas entre azul claro y verde del **alerce americano** cambian de color y convierten las montañas en bosques de bonitas tonalidades doradas antes de caerse.

Piñas

Araucaria (macho)

Las piñas de polen macho crecen hasta una longitud de 15 cm.

Las piñas leñosas y bien cerradas cuelgan de las ramas.

Pino de San Pedro Mártir

Estas piñas gigantes pueden llegar a pesar hasta 5 kg.

Las piñas hembra producen semillas unos 18 meses después de la polinización.

Pino de Wollemi (hembra)

Las tiernas piñas rojas se tornan marrones antes de liberar las semillas.

Pino de Coulter

Las piñas hembra rojas a veces llegan a los 50 cm de longitud.

Cica zulú

Alerce europeo

Las piñas macho pueden tardar un año en madurar, volverse marrones y liberar el polen.

Las piñas se tornan púrpuras al madurar.

Cada una de estas piñas amarillas da una sola semilla.

Las gruesas hojas correosas pasan del color bronce al verde cuando maduran.

Palo amarillo hojas de hoz

Kauri (macho)

Enebro común

Las coníferas dan piñas en lugar de flores. Todas ellas tienen piñas macho y hembra diferenciadas; a veces incluso crecen en árboles distintos. La piña macho contiene el polen, y la hembra, tras polinizarse, da las semillas. Hay piñas de muchas formas, tamaños y colores, pero el viento es el responsable de polinizarlas a todas.

Para dispersar sus semillas, algunas coníferas, como el **palo amarillo hojas de hoz** y el **enebro común**, crean piñas carnosas que parecen bayas. Las aves se las comen y esparcen las semillas con sus excrementos. Otras necesitan unas condiciones concretas para dispersar las

TAMAÑO DE LA PIÑA

El pino de azúcar produce las piñas de conífera más grandes del mundo: cuatro veces más grandes que la mano de una persona.

66 cm

Las piñas verdes *producen unas semillas de vivo color naranja.*

Zamia

Piña de azúcar (húmeda)

Las piñas hembra rosa *de esta pícea miden 15 cm y son las más grandes entre las píceas.*

Piña de azúcar (seca)

Se abren en condiciones secas para liberar las semillas aladas de hasta 4 cm.

Pícea de Noruega (hembra)

Estas piñas hembra azules se elevan verticales sobre las ramas.

Abeto de Corea

Las **piñas** quizá se **«blindaron»** para evitar que los dinosaurios se las comieran.

Las coloridas piñas de polen solo miden 2 cm de largo.

Cedro del Atlas (macho)

Pino bronco (macho)

Esta piña de blandas escamas crece hasta los 8 cm de largo.

semillas. Las piñas hembra del **kauri** liberan las semillas al madurar, y las del **pino de San Pedro Mártir** no se abren si no notan el calor de un incendio. Las piñas hembra del **pino de azúcar** solo se abren si el clima es seco; sus ligeras semillas van lejos con el viento, sin humedad que las haga pesar más.

PLANTAS
CON FLOR

¿Qué es una flor?

Para reproducirse, muchas plantas dependen de animales, como las abejas y los colibrís. A fin de atraerlos, las plantas suelen tener flores de colores llamativos y aroma dulce que producen un néctar azucarado que a los animales les gusta comer. Cuando visitan la flor en busca del néctar quedan cubiertos de polen, que estos animales, llamados polinizadores, transportarán a la siguiente flor en la que se posen.

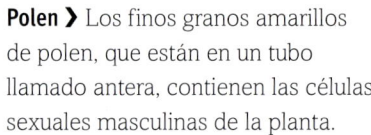

Estigma ❯ Es la parte femenina de la flor y tiene una punta pegajosa o unos pelos finos para atrapar el polen.

Polen ❯ Los finos granos amarillos de polen, que están en un tubo llamado antera, contienen las células sexuales masculinas de la planta.

Estambre ❯ Cada estambre tiene un filamento con una antera en la parte superior, donde se produce el polen.

Pétalos ❯ Los coloridos pétalos, a menudo perfumados, atraen los polinizadores. Pueden tener muchas formas y tamaños, y a menudo son más brillantes para los insectos que a nuestros ojos.

Fecundación

Polen

Estigma

Un tubo polínico crece hacia abajo a través del estilo.

Estilo

El ovario contiene los órganos reproductores femeninos de la flor.

El óvulo es fecundado por el polen para convertirse en una nueva planta.

Al posarse el polen en el estigma de la flor, crece un diminuto tubo que desciende por el estilo llevando las células masculinas del polen hasta el ovario. Allí, las células masculinas se unen a las femeninas de los óvulos, que se convertirán en las semillas. Este proceso se denomina fecundación.

Polinización

El lirio atigrado tiene pétalos de colores y un néctar azucarado para animales como esta abeja. Mientras se alimenta, la abeja roza el polen, que se pega a su cuerpo. El polen contiene células masculinas. Cuando la abeja visita una nueva flor, el polen roza su estigma y avanza hacia las células femeninas. Esto se llama polinización.

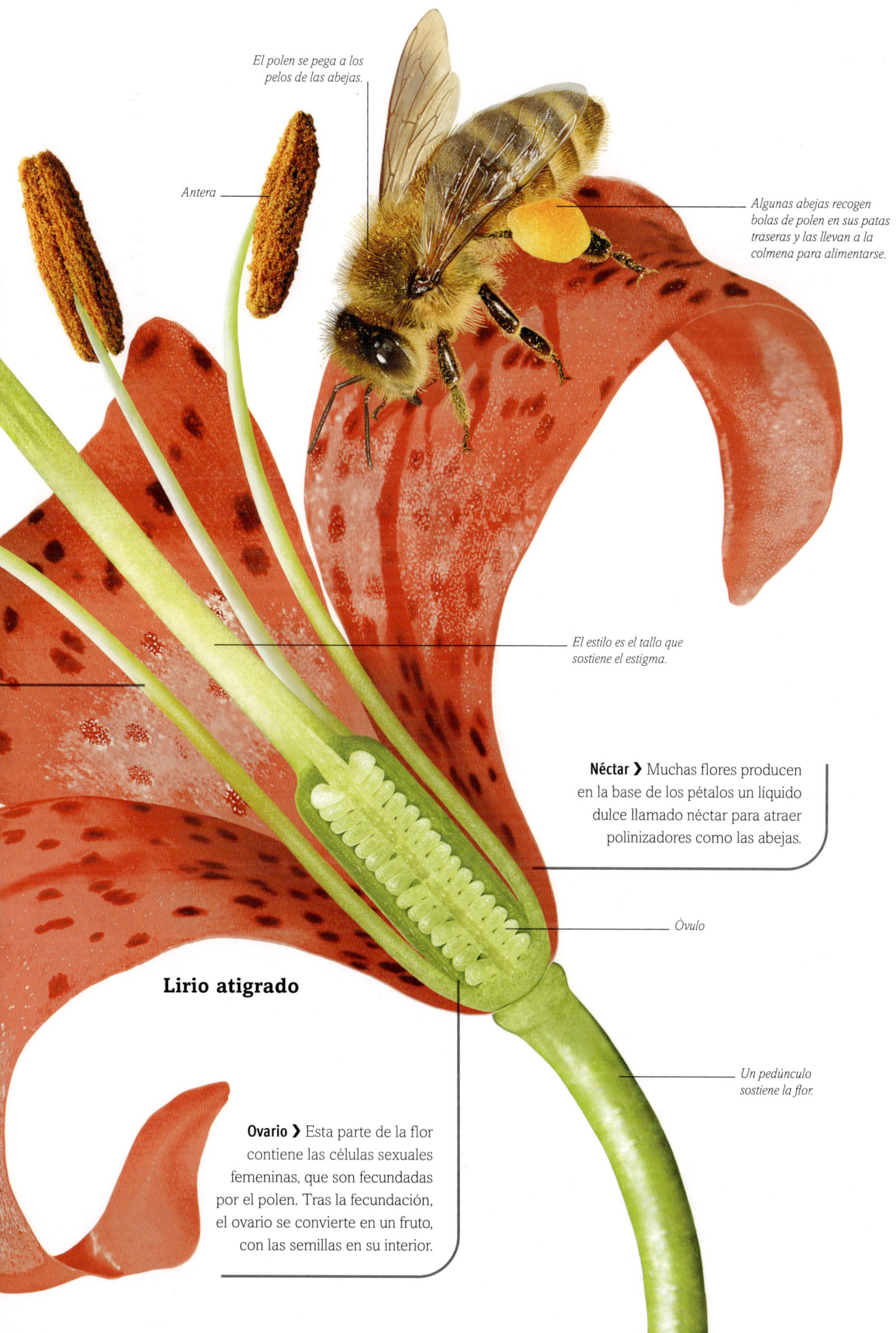

El polen se pega a los pelos de las abejas.

Antera

Algunas abejas recogen bolas de polen en sus patas traseras y las llevan a la colmena para alimentarse.

El estilo es el tallo que sostiene el estigma.

Néctar ❯ Muchas flores producen en la base de los pétalos un líquido dulce llamado néctar para atraer polinizadores como las abejas.

Óvulo

Lirio atigrado

Un pedúnculo sostiene la flor.

Ovario ❯ Esta parte de la flor contiene las células sexuales femeninas, que son fecundadas por el polen. Tras la fecundación, el ovario se convierte en un fruto, con las semillas en su interior.

Formas de las flores

Carbonero rojo

Globosa

La flor parece un esponjoso pompón gracias a los estambres rojos.

Frangipán

Rotácea

El frangipán, de aroma dulce, se utiliza en Hawái para hacer collares de flores.

Ave del paraíso

Las flores naranja y púrpura atraen las suimangas, que se posan en la parte verde para acceder al néctar.

Dedalera

Los botones florales de la punta son los últimos en abrirse.

> Los puntos del interior de la **dedalera** guían las abejas hacia el **néctar**.

Irregular

Las flores amarillo pálido se abren por toda Europa durante la primavera.

Prímula

Acampanada

Tubular de punta plana

Una bráctea verde en forma de pico de ave protege las flores.

Flor de cera

Los gruesos pétalos cerosos resisten las tormentas tropicales.

Estrellada

Hay flores de todos los tamaños y colores. Los botánicos estudian la forma de las flores para entender mejor cómo las polinizan, ya sean las abejas, los murciélagos, las aves, ¡o incluso la brisa!

Hay plantas, como las **prímulas**, **amapolas** y **frangipanes**, que tienen flores de forma simple y abierta, ideales para que los insectos hagan visitas fugaces. Otras crean grupos densos de flores que se conocen como inflorescencias y que ofrecen todo un festín a los polinizadores.

La delicada flor despide una dulce fragancia.

En forma de guisante

Guisante de olor

Protea rey

El centro de estas grandes floraciones, que pueden llegar hasta los 30 cm de ancho, está lleno de flores pequeñas.

Una bráctea blanca que parece un pétalo rodea una espiga de minúsculas flores amarillas.

Lirio de agua

Pequeñas flores en espiga

Las espigas de flores de color crema miden hasta 11 cm de ancho.

Sauquillo

Compuesta

Antorcha

Cuatro grandes pétalos crean esta forma de copa.

Amapola

Clavel del aire

En las puntas de las brácteas rosas crecen flores púrpuras.

El tallo del sauquillo es liso y sin pinchos, al contrario que el de los rosales verdaderos.

En forma de embudo

La flor en desarrollo está protegida por un capullo peludo.

Acopada

Tubular

Pateliforme

Los pétalos cambian de color y pasan del naranja al amarillo al abrirse.

Así, el **carbonero rojo** produce una bola de estambres para atraer abejas y mariposas, y la **protea rey** y la **antorcha** recubren de polen la cara de las aves. El **ave del paraíso** ofrece un festín a las aves visitantes, pero les deja las patas cubiertas de polen cuando se posan sobre ella. Otras plantas desarrollan una hoja especial en forma de pétalo, a menudo colorida, conocida como bráctea, para atraer los polinizadores. Los colibrís se ven seducidos por las brácteas del **clavel del aire**, y la bráctea blanca del **lirio de agua** atrae muchos insectos.

Polinizadores

Esta polilla diurna usa su trompa, igual de larga que su cuerpo, para libar el néctar de flores de muchas formas y tamaños diferentes.

El largo pico entra en el interior de la flor y la cabeza del ave queda empolvada de polen.

Colibrí morado

Esfinge colibrí

Zarigüeya pigmea

El colibrí bate sus diminutas alas muchas veces por segundo, lo que le permite flotar en el aire mientras se alimenta.

El rojo vivo de la flor de la pasión capta la atención de las aves.

La habilidad de la zarigüeya le permite subir y bajar a toda velocidad por los árboles en flor.

Las flores amarillas y acampanadas están cerradas hasta que un polinizador las abre a la fuerza.

Abejorro

Mariquita

Las flores polinizadas por coleópteros producen mucho polen, que se pega a estos patosos insectos.

Cuando el abejorro abre la flor y se esfuerza para entrar y conseguir el néctar, su sinfín de pelos recoge polen.

El eucalipto florece en invierno y depende de los mamíferos para su polinización.

Los polinizadores más habituales son los insectos, pero algunos animales más grandes, como las aves y los murciélagos, son también importantes. Las plantas les ofrecen su néctar, y sus colores, formas y olores atraen polinizadores concretos.

Las **abejas** y **mariposas** visitan flores fragantes y de colores vivos, que crecen en grupos o tienen grandes pétalos sobre los que los insectos se posan. Muchas **polillas** prefieren las flores blancas o muy pálidas que se abren de noche, siguiendo sus dulces olores florales para encontrarlas en la oscuridad.

Mariposas

Las potentes garras prensiles *ayudan el ave a sujetarse a la rama mientras bebe néctar.*

Murciélago lengüilargo de Sandborn

Las largas cabezuelas *de esta planta quedan tan repletas de mariposas que también se le conoce como el arbusto de las mariposas.*

Los flexibles estigmas *recogen el polen de la cabeza del lori.*

La lengua flexible del murciélago *le ayuda a llegar al fondo de la flor.*

Lori arcoíris

Estas flores tubulares de saguaro *cubren de polen el hocico del murciélago cuando este se bebe el néctar.*

GUÍAS HACIA EL NÉCTAR

Al contrario que los humanos, las abejas ven la luz ultravioleta (UV). Muchas flores, como esta caléndula acuática, quizá nos parecen lisas, pero bajo la luz UV vemos que los pétalos tienen patrones oscuros que guían los insectos hacia el néctar y el polen.

Bajo la luz normal   *Bajo la luz UV*

Los **murciélagos polinizan** más de **500 especies** de plantas.

Los coleópteros, como las **mariquitas**, también polinizan las flores de color pálido, pero prefieren las de olor afrutado, que imitan el olor de la fruta madura para embaucarlos. Entre los polinizadores más grandes, las flores chillonas que se abren de día atraen las aves. Los **colibrís** eligen las flores rojizas, que no suelen tener olor, pues las aves no tienen sentido del olfato. Los pétalos de las flores que polinizan las aves suelen estar inclinados hacia atrás para facilitar el acceso. Los **murciélagos** polinizan plantas nocturnas, y les atraen las flores grandes, pálidas y con olor a moho.

Aspecto familiar

Los pétalos de color rosa chillón parecen corazones.

Corazón herido

Boca de dragón

Las cápsulas de semillas en forma de calavera aparecen tras la floración.

Pipa de indio

Flor loro

Las vistosas flores parecen loros en pleno vuelo con pequeños «picos» verdes.

Estas fantasmagóricas plantas parásitas crecen en las raíces de los árboles y les roban el alimento.

Dos pétalos rojos se abren como un par de orejas desde el centro púrpura con forma de rostro de murciélago.

Flor de Darth Vader

Flor de los hombrecitos

Las flores en forma de casco huelen a carne putrefacta para atraer las moscas.

Las flores púrpura parecen pequeños hombrecitos, con sus brazos y piernas.

Hierba del cáncer

Estas divertidas flores parecen animales u otros objetos, de aves a corazones. Pese a que muchas de estas similitudes son pura coincidencia, a veces el parecido ha evolucionado para atraer posibles polinizadores.

Muchas de las flores coloridas de esta página pertenecen a la familia de las orquidáceas, que se compone de miles de plantas, como la **flor de los hombrecitos**, la **dama danzante** y la **garceta blanca**. La **orquídea perdiz** parece una abeja hembra y atrae los zánganos para

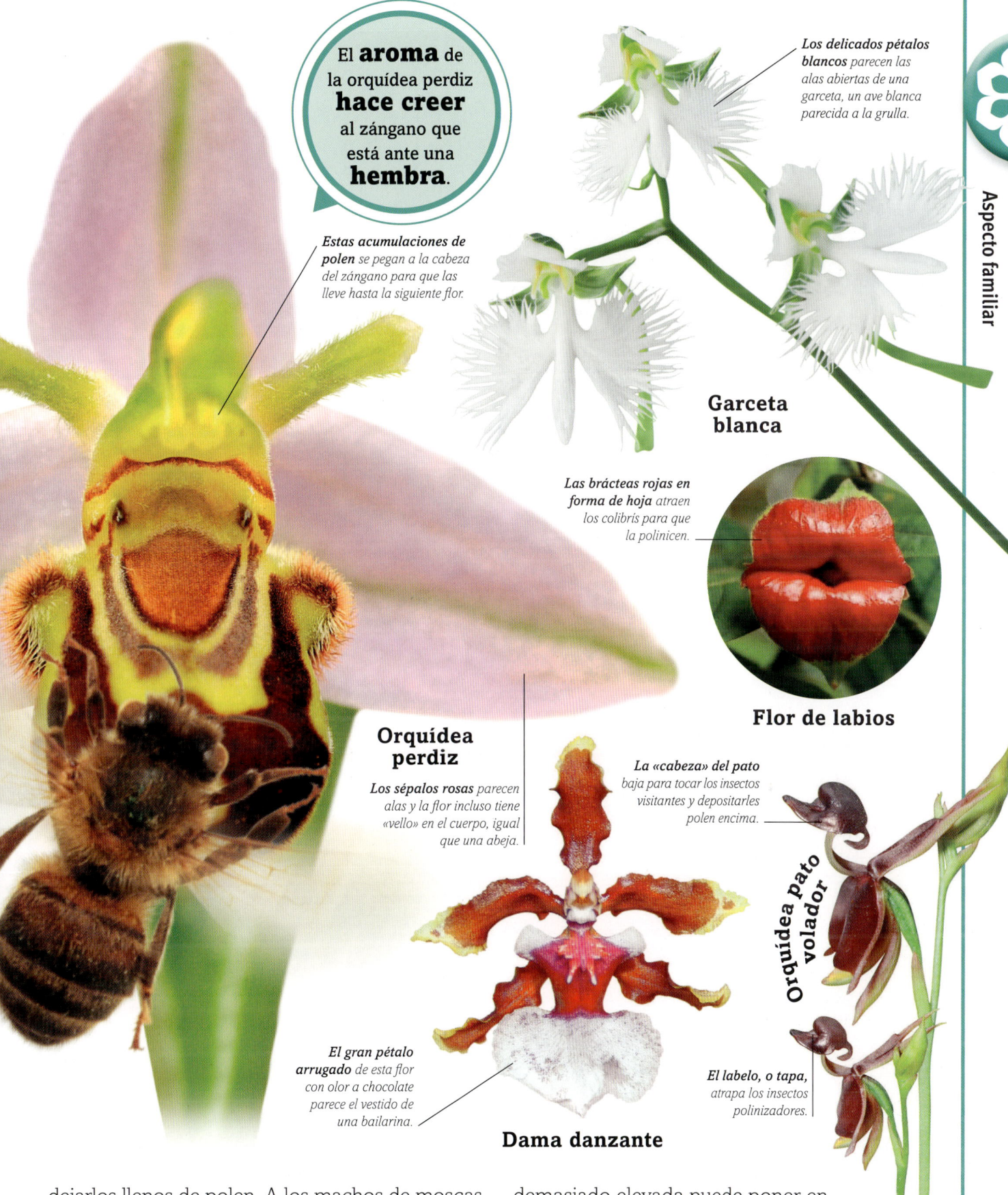

El **aroma** de la orquídea perdiz **hace creer** al zángano que está ante una **hembra**.

Estas acumulaciones de polen se pegan a la cabeza del zángano para que las lleve hasta la siguiente flor.

Los delicados pétalos blancos parecen las alas abiertas de una garceta, un ave blanca parecida a la grulla.

Garceta blanca

Las brácteas rojas en forma de hoja atraen los colibrís para que la polinicen.

Flor de labios

Orquídea perdiz

Los sépalos rosas parecen alas y la flor incluso tiene «vello» en el cuerpo, igual que una abeja.

La «cabeza» del pato baja para tocar los insectos visitantes y depositarles polen encima.

Orquídea pato volador

El gran pétalo arrugado de esta flor con olor a chocolate parece el vestido de una bailarina.

El labelo, o tapa, atrapa los insectos polinizadores.

Dama danzante

dejarlos llenos de polen. A los machos de moscas de sierra la **orquídea pato volador** les parece más una hembra de su especie que un pato; así es como atrae los polinizadores. Aunque muchas de estas llamativas plantas son habituales entre los aficionados a la jardinería, una demanda demasiado elevada puede poner en peligro las especies más insólitas. Por ello, el gobierno de Tailandia prohíbe exportar la inusual **flor loro** y sus semillas para proteger su población de ejemplares silvestres, cada vez más escasa.

RÍO FLORIDO
Una imagen a vista de pájaro del parque de Inokashira en Tokio, Japón, muestra que las aguas del estanque que lo cruza son de color rosa por los pétalos de los espectaculares cerezos que copan sus orillas. Familias y amigos celebran pícnics en el parque y se cobijan bajo los árboles para comer, beber, escuchar música y disfrutar de la belleza de las flores. Al atardecer se cuelgan linternas en las ramas y la festividad dura hasta la noche.

Cada año, el servicio meteorológico japonés supervisa la temperatura y las condiciones para intentar predecir cuándo será la floración de los cerezos, que se conoce como *sakura*. Los primeros árboles en hacerlo son los del sur del Japón, y el «frente florido» se propaga por todo el país, hacia el norte al avanzar la primavera. Las predicciones de la floración son importantes porque miles de personas celebran fiestas, una tradición japonesa conocida como *hanami*, que se remonta al siglo VIII. Las flores solo duran una o dos semanas en los árboles, y las personas tienen que planificar sus festividades. En la cultura japonesa, la breve duración de la flor del cerezo se asocia a menudo a la fragilidad de la vida humana.

La rosaleda

Rosal de Banks

Esta rosa trepadora es autóctona de China.

Camino cubierto de rosales en un jardín de Baden-Baden, Alemania.

Las aves comen las semillas del escaramujo, muy apetitoso para ellas, y las esparcen en los excrementos.

Jardín de rosas

La fragancia de esta rosa carmesí aumenta al calor del sol.

Esta variedad de espesa floración tiene su origen en los rosales silvestres de cinco pétalos.

Munstead wood

Los escaramujos son frutos que se desarrollan cuando se ha fecundado la flor y esta ha perdido sus pétalos.

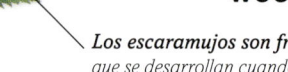

Escaramujos de rosal perruno

Rosa Sunblest

Los pétalos amarillos despiden un aroma ligero.

Rosal chino

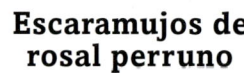

ROSA ESPACIAL

En 1998 se envió al espacio un rosal enano denominado «Overnight Scentsation» en el transbordador espacial *Discovery* de la NASA para estudiar los efectos de la microgravedad en los aceites liberados por los pétalos de las rosas. Al cabo de 10 días descubrieron que el rosal había producido un olor totalmente nuevo y diferente al de cualquier olor de rosa de la Tierra.

Unos largos tallos rectos mantienen erguidas estas flores de tamaño medio a grande.

Los rosales fueron las primeras plantas cultivadas solo por su belleza, y llevan 5000 años alegrando los jardines. La rosa se ha utilizado como símbolo en todo el mundo para representar ideas como el amor y la pureza. También la han adoptado como emblema reyes y países.

Casi todas las rosas silvestres tienen cinco pétalos solapados y son flores «simples». A lo largo de los siglos, los jardineros han tomado especies de rosales silvestres, especialmente de **rosal chino**, y las han cultivado para obtener tres o más capas de pétalos, en lo que se conoce como flores

Producción de aceite de rosa, Bulgaria

Desarrollar esta variedad de varias capas costó 3,5 millones de euros.

De color rosa pálido, es muy apreciada por su olor.

Los pétalos de rosa deben cocerse al vapor de agua el mismo día que se recogen para extraer el aceite perfumado.

Rosa Juliet

Rosal almizcleño

Hace más de 400 años que se cultiva esta flor a rayas rosas.

Las flores rosa pálido florecen en botones rosa oscuro.

Rosa de Castilla

Algunas **espinas de rosa** se pueden convertir en **anzuelos**.

Los sépalos en forma de hoja protegen el capullo.

La iceberg fue votada como la «rosa favorita del mundo» en 1983.

Rosal perruno

Esta rosa de color oscuro puede tener hasta 26-40 pétalos, y es muy fragante.

Rosa iceberg

Crimson glory

«dobles», como el **rosal de Banks** y el **rosal iceberg**. Algunas variedades modernas, como el **rosal Juliet** y el **crimson glory**, tienen más de 25 pétalos. Los cultivadores de rosales han creado rosas blancas, amarillas, naranjas, rosas y rojas, pero nunca una de azul auténtico. Los pétalos de rosa contienen aceites con una fragancia utilizada en perfumes y muchos otros productos de belleza, y el agua de rosas se usa para dar sabor a algunos dulces. En otoño, algunos rosales, como el **rosal perruno**, dan escaramujos, unos frutos cargados de semillas, ricos en vitamina C, que se usan en infusiones, conservas y medicamentos.

Más que margaritas

Con casi 25 000 especies, las asteráceas son una de las familias vegetales más grandes. Eso sí, sus preciosas cabezuelas no son lo que parecen: lo que dirías que es una flor es realmente un grupo de muchas flores, a veces miles, diminutas en el centro, con un anillo con aspecto de pétalos que realmente son más flores por el borde.

Equinácea

Las flores liguladas y a rayas rodean un centro de minúsculas flores del disco.

Los pompones naranja están compuestos por flores individuales y coloridos pelos.

Pompón

Beso naranja

Los pétalos rosa rodean un espinoso centro en forma de cono que está lleno de néctar.

Esta planta hawaiana en peligro crítico de extinción produce flores tubulares.

Las flores rojas de punta amarilla hacen que parezca que esté en llamas.

Gallardía

Hesperomannia arbuscula

La cabezuela redonda se compone de pequeñas flores, cuyos colores van del púrpura al azul metálico.

Las tres florecillas separadas parecen una sola flor.

El espinoso **cardo yesquero** también se conoce como **cabeza de erizo**.

Cardo yesquero

Ainsliaea

Las asteráceas como el **beso naranja**, la **achicoria** y la **margarita** tienen unas grandes flores liguladas que parecen pétalos rodeando las flores del disco central. Cada flor del disco la forman cinco pétalos juntos que hacen una flor tubular; lo que se ve bien en *Ainsliaeia*. En la gran cabezuela del **girasol** se pueden distinguir las flores individuales del disco a medida que florecen, de fuera adentro.

Cada florecilla da una semilla. Las cabezuelas de las asteráceas las hacen más atractivas para los insectos y facilitan su polinización. La mayoría de ellas son de colores chillones para atraer los insectos, como las abejas; algunas las polinizan las aves, como el **clavel del campo**. Otras asteráceas tropicales, como el **pompón** y *Hesperomannia arbuscula*, son insólitas porque crecen en árboles.

El girasol más grande conocido se vio en 1983, con una cabezuela de 82 cm de ancho.

Clavel del campo

Cada flor ligulada en forma de pétalo es una flor asimétrica.

Las flores liguladas naranjas atraen las aves polinizadoras.

Girasol

Las flores amarillas del disco producen polen y crean las semillas.

Estas flores azules de sabor amargo son comestibles y quedan bien en ensaladas.

Achicoria

Las florecillas púrpura se tornan de color crema hacia el centro de la cabezuela.

Centaurea

Margarita

Orquídeas ingeniosas

Bulbophyllum

Los largos pétalos de esta orquídea despiden olor a putrefacción para atraer moscas polinizadoras.

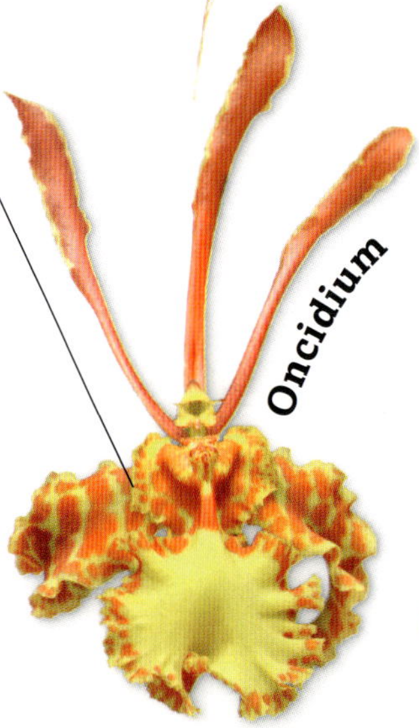

Phalaenopsis

Los pétalos pueden ser rojos, blancos, amarillos o rosas.

Con sus flores grandes y duraderas, esta orquídea es todo un clásico.

Oncidium

Estas flores con motas insólitas florecen de dos a tres meses cada año.

Un colorido pétalo destaca en estas extravagantes flores.

Estrella de fuego

Zygopetalum

El gran pétalo hace de plataforma de aterrizaje para los insectos.

Esta orquídea debe su nombre a sus pétalos rojos.

Epicattleya Rene Marques

Las orquídeas tienen ingeniosas tácticas para atraer los polinizadores. Algunas imitan insectos macho, para que otros machos los ataquen y se llenen de polen. Otras los atraen pareciendo hembras. Algunas seducen abejas y mariposas con un olor dulce, y otras apestan a carne putrefacta para atraer las moscas.

Hay orquídeas casi en cualquier lugar del mundo, pero las más habituales están en los trópicos, donde, como la **vanda**, viven en los árboles de la selva tropical. En climas más frescos suelen crecer en el suelo. Todas tienen tres sépalos externos y tres pétalos internos, incluido el labelo, el característico pétalo inferior que actúa a

Sandalia de Venus

Torito

Estas flores duran solo tres días. Tienen un fuerte olor para atraer las abejas polinizadoras.

Vanda

Phaius

Los pétalos tubulares atraen los insectos hacia el interior.

Las raíces aéreas captan agua de la humedad del aire.

Los insectos entran en el pétalo en forma de jarra y quedan cubiertos de polen cuando intentan salir.

Una sola especie de mariposa poliniza estas vistosas flores.

Los pétalos blancos atraen los polinizadores, aunque no tiene néctar.

Disa uniflora

Reina de las Orquídeas

Se conocen **28 000 especies** de orquídeas en el **mundo**.

modo de plataforma de aterrizaje para los polinizadores. Las flores de **oncidium** y **zygopetalum** tienen unos labelos muy grandes, y las flores de **phaius** y **cattleya** forman coloridos tubos. Agrupan el polen en racimos pegajosos, que enganchan los polinizadores cuando las visitan. A algunas solo las poliniza una sola especie de insecto: a la *Disa uniflora*, por ejemplo, solo la poliniza la mariposa *Aeropetes tulbaghia*. Esto hace que sea muy vulnerable: si se extinguiera el insecto, la orquídea también lo haría.

Bulbos y flores

Vinagrillo rosado

Narciso

Unos bulbos diminutos, los bulbillos, de 7-11 mm, pueden crecer y convertirse en nuevas plantas.

De los grandes bulbos brotan flores amarillas en forma de trompeta.

Las grandes flores se abren antes de que el bulbo saque las hojas.

Amarilis

Este bulbo empieza a florecer unas 6-8 semanas después de plantarlo.

Bulbo de amarilis

Los tallos sin hojas producen unas flores que parecen azucenas.

Nerine

Este bulbo solo crece en el clima fresco de otoño.

Cada tallo de **puerro silvestre** puede producir más de **500** flores.

Bulbo de nerine

🔍 RESERVA SUBTERRÁNEA

Los bulbos tienen un tallo corto que produce capas de hojas carnosas (hojas escaladas) que almacenan alimento y agua.

Las hojas usan el sol para crear alimento.

Una capa exterior protege el bulbo.

Las hojas son reservas de alimento.

Las nuevas hojas crecen en el tallo.

Un tallo corto conecta raíces y brotes.

Las raíces fijan el bulbo en el suelo.

Sección transversal de un bulbo

Muchas flores crecen a partir de unas reservas subterráneas de alimento que denominamos bulbos. Llenos de alimento y agua, los bulbos están inactivos bajo el suelo cuando hace demasiado calor o demasiado frío, ocultos a los animales. Cuando llegan las condiciones idóneas, rápidamente sacan nuevos brotes y hojas.

Jacinto

*Los racimos de flores
púrpura crecen en tallos
de hasta 1 m de altura.*

*La esfera de flores
puede medir hasta
20 cm de ancho.*

Cebolla ornamental

*Los bulbos venenosos
pueden irritar la piel al
tocarlos.*

Tulipán

*Las hojas cerosas
salen del tallo de
manera alterna.*

Lirio

*Las raíces continúan
creciendo y absorbiendo
nutrientes y humedad
durante el otoño.*

*Los bulbos se
multiplican al
madurar y crecen
hasta ser nuevas
plantas.*

*Las largas raíces
pueden hundir los bulbos
a mayor profundidad.*

Puerro

*Los bulbos de puerro
forman largos tubos
blancos y rectos.*

Bulbo de
puerro

Muchas plantas de Sudáfrica, como las **amarilis** y las **nerines**, pasan el verano como bulbos bajo tierra y florecen en otoño, con un tiempo más fresco. Otras, como los **narcisos**, los **tulipanes** y los **jacintos**, florecen en otros países en primavera, tras el invierno. Suelen estar entre las más populares, y se cultivan para venderse en ramos. Aunque algunas plantas con bulbos, como **puerros** y **cebollas**, son comestibles, otras producen sustancias tóxicas para evitar que los animales se las coman. Los bulbos de narciso, jacinto y tulipán son venenosos para muchos animales.

81

Flores que apestan

Si pensamos en flores, suelen venirnos a la mente pétalos coloridos y olores dulces que atraen polinizadores como las abejas o las mariposas. Sin embargo, algunas plantas huelen fatal. Sus apestosas flores, hojas y raíces atraen un conjunto diferente de polinizadores: moscas y coleópteros.

Las floraciones blancas huelen a pescado podrido para atraer las moscas polinizadoras.

Peral de flor

Las flores, que se abren en primavera y verano, huelen a carne putrefacta para atraer los insectos.

Flor de la piña

La **flor carroña** puede medir hasta **41 cm** de ancho.

Dragoneta

Peluda y en forma de estrella, parece un animal muerto.

Flor carroña gigante

La espiga de flores parece una sabrosa piña, pero huele muy mal.

Corona imperial

Esta flor de raro aspecto atrapa los insectos en su interior hasta que están cubiertos de polen.

Prohibido el durián

El hediondo fruto del durián está prohibido en el transporte público de Singapur.

Esta planta tiene unas coloridas flores, hojas y tallo que huelen a zorro.

Hydnora africana

Algunas flores, como las del **peral de flor** y la **flor carroña gigante**, atraen las moscas con un olor de carne putrefacta. La *Hydnora africana* pasa casi toda su vida bajo tierra, hasta que saca una flor que huele a caca para que la polinice el escarabajo pelotero. La **corona imperial** huele a zorro o mofeta para ahuyentar atacantes, como ardillas y ciervos.

Las plantas como el **aro tragamoscas** y el **aro gigante**, además de oler horrorosamente, calientan sus flores para que su peste llegue más lejos. Los hedores a vómito del fruto del **durián** y de la nuez del **ginkgo** hembra son tan potentes que ambos están prohibidos en muchos lugares públicos de algunos países.

Ginkgo

Las hediondas nueces del árbol hembra contienen semillas comestibles que no huelen.

Valeriana

Las raíces de la valeriana huelen a calcetines sudados.

Esta gigante espiga de flores se puede calentar hasta los 32 °C.

Aro tragamoscas

Aro gigante

La bráctea tiene el color de la carne, es peluda y huele a animal putrefacto.

Conocida como flor cadáver, el aro gigante tiene una vaina roja con el aspecto y el olor de la carne putrefacta.

Las delicadas hojas de esta planta huelen a rosbif cuando reciben algún golpe y se estropean.

FLOR GIGANTESCA

El aro gigante produce la espiga de flores más alta del mundo, pero solo florece de vez en cuando, tarda entre dos y siete años, en la selva tropical de Sumatra, Indonesia.

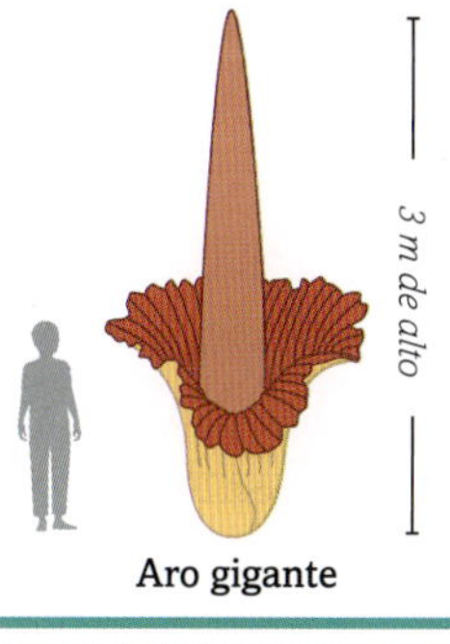

3 m de alto

Aro gigante

Lirio hediondo

Vida acuática

Las charcas, los ríos y los océanos están llenos de plantas, que suelen crecer con rapidez porque tienen acceso a mucha agua y luz. Algunas plantas acuáticas flotan en la superficie, absorbiendo los rayos de sol con sus hojas planas, mientras que otras están sumergidas del todo. Muchas sacan hojas y flores desde una raíz fijada bajo el agua.

La espiga de flores y hojas puede llegar a 1,5 m de altura.

Los nenúfares descansan sobre la superficie del agua.

Jacinto de agua

Nenúfar

Junco florido

Los tallos están llenos de aire y mantienen la planta a flote.

Ortiga acuática

Las hojas de esta planta tienen forma de abanico.

Los tallos, y no las raíces, fijan esta planta bajo el agua.

Antoceros

🔍 VIDA BAJO EL AGUA

Todas las plantas necesitan oxígeno para sobrevivir. Algunas plantas acuáticas absorben oxígeno del agua, mientras que otras, como el nenúfar, tienen unos diminutos tubos en los tallos que llevan aire situado por encima de la superficie del agua a las raíces.

Los espacios de aire permiten al oxígeno bajar de las hojas hasta las raíces.

Nenúfar

Sección de un tallo de hoja

Igual que las terrestres, las plantas acuáticas necesitan la luz para elaborar alimento, y han hallado formas únicas de sobrevivir. El **junco florido** y el **nenúfar** arraigan en el lecho de charcas y ríos, y tienen hojas largas para captar la luz y altos tallos con flores para que las polinicen los insectos. Las hojas plumadas de la **ortiga acuática** y los **antoceros** se abren para que el agua las cruce. Los **jacintos de agua** y los **repollitos de agua** atrapan aire en las hojas para mantenerse a flote. Algunas plantas acuáticas son el hábitat y el alimento de peces y otros animales acuáticos, y otras, como el **luchecillo** y la **cola de zorro acuática**, crecen a tal velocidad que a veces copan lagos enteros y perjudican las plantas y animales con los que comparten espacio.

Paragüita

Los penachos de hojas protegen las flores en desarrollo.

Cola de zorro acuática

Las hojas plumadas y el tallo de color verde vivo pueden erguirse hasta 30 cm fuera del agua.

Repollito de agua

Los pares de flores se disponen en forma de V.

Azucena acuática

Los altos tallos tienen hojas que parecen varillas de paraguas.

Unos pelillos minúsculos atrapan el aire para mantener la planta a flote.

Las hojas llegan a crecer hasta los 2 m de longitud.

Las **primeras plantas** evolucionaron en el **agua**.

Bajo el océano se forman prados a partir de acumulaciones de pasto marino.

Luchecillo

Vallisneria americana

Las densas hojas pueden llegar hasta los 3 cm de longitud.

Pasto marino

A orillas del río

La orilla del río es rica en nutrientes depositados por las crecidas; por eso, las plantas pueden crecer mucho y a menudo muy deprisa. Proliferan todo el verano, pues apenas sufren las sequías, pero, en cada crecida del río, el agua puede barrer todas las que no estén bien arraigadas al suelo.

Hibisco palustre

Cada gran flor crece hasta unos 15 cm de ancho.

Las flores amarillas atraen las abejas a principios de la primavera.

Ruibarbo gigante

Caléndula acuática

Las minúsculas flores hembra de color marrón tienen forma de espiga.

Estas grandes hojas tienen una parte inferior repleta de pinchos para evitar que los animales se las coman.

Espadaña

HOJAS GIGANTES

El ruibarbo gigante, autóctono de Brasil, tiene unas hojas enormes: son las hojas indivisas más grandes de todas las plantas con flor. Pero sus flores son minúsculas y crecen en puntas espigadas cerca del suelo.

3,3 m

Una de las mayores plantas de ribera, el **ruibarbo gigante**, crece hasta 2,5 m de alto y 4 m de ancho. La **col de mofeta asiática**, algo más pequeña, saca unas enormes hojas de col. Ambas mueren en invierno y pierden las hojas. Plantas como la **caléndula acuática**, la **arroyuela**, el **poleo de hoja estrecha** y la **prímula candelabro** permanecen inactivas en invierno, y crecen muy rápido al llegar la primavera o el verano. La **espadaña**, el **junco de esteras** y las **bolitas de nieve** tienen un método de supervivencia diferente. La dureza de sus hojas o tallos puede soportar las crecidas rápidas, así que cada año se hacen más grandes y robustas.

Las estructuras marrones en forma de cono en la punta de los tallos de esta planta sin flor contienen esporas.

Los pioneros norteamericanos utilizaban **tallos de equiseto** para fregar las sartenes.

Junco de esteras

Equiseto de invierno

Las altas espigas de delicadas flores malva se abren a finales del verano.

Un racimo de flores rojo vivo crece en el lateral del tallo.

Arroyuela

En Norteamérica, estas bayas blancas son el alimento de los muflones de las Rocosas y los osos grises.

Bolitas de nieve

Los grupos de hasta seis flores brotan en los altos tallos robustos.

Prímula candelabro

Las grandes y blancas brácteas parecen hojas y atraen las moscas hacia las olorosas cabezuelas.

Estas hojas despiden un olor mentolado.

Poleo de hoja estrecha

Col de mofeta asiática

BOSQUE INUNDADO
Los peces se arremolinan entre las raíces de un mangle, en la costa de Belice, en el cálido Caribe. La mayoría de los manglares crecen a lo largo del litoral tropical y subtropical, donde el agua de mar cubre sus raíces dos veces al día. Este entorno tan húmedo y salado sería letal para la mayoría de las plantas, pero es un paraíso para los manglares o bosques de mangles.

Los manglares pueden ser pequeños arbustos o grandes árboles adaptados al agua salada. Las plantas usan un gran abanico de tácticas para sobrevivir, desde filtrar la sal del agua de mar cuando la absorben a través de las raíces hasta liberar sal por los poros de las hojas. Los mangles evitan que se les pudran las raíces absorbiendo oxígeno por ellas durante la bajamar.

Cuando llega la pleamar, cierran los poros de las raíces para evitar que los árboles se saturen de agua. Los manglares son un hábitat tropical y subtropical importante, ya que actúan como barreras naturales contra las tormentas y evitan la erosión de la costa. La red de raíces también es una fuente de alimento para peces y otras criaturas del mar.

¿Qué es un cactus?

Hay cactus para todos los gustos; la mayoría cuentan con grandes tallos hinchados que les sirven para conservar agua, ya que muchos de ellos crecen en áreas con poca o ninguna precipitación durante largos periodos de tiempo. Los cactus del desierto han desarrollado unas ingeniosas adaptaciones para poder sobrevivir al calor extremo y las sequías; en las selvas tropicales, en cambio, viven algunos cactus muy diferentes.

Flor de verano ❯ El cactus estrella produce flores amarillo pálido todo el verano. Cuando los insectos las polinizan, dan unos frutos repletos de pinchos.

Masa de raíces finas

El tallo en forma de estrella almacena agua. Algunos cactus, como este, se hinchan cuando se llenan de agua y se contraen al secarse.

Un cactus estrella por dentro

Raíces ❯ Las raíces de este cactus avanzan para cubrir una gran área y crecen cerca de la superficie. Son muy rápidas para absorber tanta agua como puedan de la lluvia o el rocío.

Espinas ❯ Dan sombra al tallo y evitan que los animales se coman el cactus. Las espinas son, de hecho, un tipo de hoja modificada con una pequeña área de superficie para evitar que se evapore el agua.

Las costillas dirigen el rocío hacia las raíces.

Cactus estrella

Escamas ❯ En el desierto, el sol brilla mucho. Los cactus sacan escamas blancas en el tallo para reflejar mejor la luz.

Las formas de los cactus

Columnar
Los cactus, como el saguaro, crecen hasta 12 m y tienen unas ramificaciones laterales típicas. Los murciélagos polinizan las flores, que crecen en la parte superior de la planta.

Cladodio
La chumbera tiene unos tallos planos que crecen en grupos. Sus espinosos frutos rojos se tienen que pelar para quitarles las pequeñas espinas.

Globular
Muchos cactus, como el cactus erizo, tienen tallos redondeados para contar con la máxima reserva de agua posible. Además, sus crestas verticales dirigen cada gota de agua hacia las raíces.

Trepadores
Algunos cactus viven en la selva, donde se encaraman a otras plantas persiguiendo la luz del sol. El cactus orquídea tiene unas descomunales flores que solo se abren una única noche.

¿Dónde crecen?

Desiertos
En el desierto soportan calor y luz extremos. Suelen ser grandes y tener muchas espinas; crecen en Norteamérica y Sudamérica.

Selvas
Algunos crecen en la sombra de la selva. Sus tallos no tienen que almacenar agua: las raíces absorben la humedad del aire.

Praderas
Los más pequeños suelen crecer en las praderas, donde las hierbas les dan sombra durante el verano. La mayoría se encuentran en Sudamérica.

¡Qué cactus!

Las largas espinas amarillas *surgen en grupos de estrellas a lo largo de las crestas del cuerpo.*

Los tallos verticales *pueden alcanzar 8 m.*

Pitahaya dulce

Cactus erizo

Las ramificaciones *pueden tardar hasta 40 años en formarse; crecen menos de 2,5 cm por año.*

Tallos solapados *en forma de abanico.*

Los tallos en forma de pala *son planos, a diferencia de lo habitual.*

Saguaro

Garambullo

Aves como el búho *usan el saguaro para hacer su nido.*

Chumbera

EL CACTUS MÁS ALTO

Con una altura registrada de 19,2 m y un tronco de 1 m de ancho, el cardón mexicano es el cactus viviente más alto del que se tiene constancia en el mundo.

19,2 m

Muchos cactus viven en el desierto. El agua de sus tallos les ayuda a superar largas sequías. La mayoría de las plantas usan las hojas para elaborar alimento con la luz del sol, pero los cactus lo hacen usando sus verdes tallos carnosos. Para protegerse de los animales, los cactus tienen unas hojas especialmente adaptadas, las espinas.

En entornos calurosos y secos, los cactus deben aprovechar al máximo la esporádica, pero a veces abundante, precipitación. Las costillas del **cactus erizo** le permiten expandir el tallo y absorber con rapidez el máximo de agua. En las condiciones duras del desierto, crecen muy despacio y viven mucho tiempo. Algunos, como el **saguaro** y el **cardón**, pueden vivir hasta 300 años. Estos cactus

Santa Teresita

Las flores se abren a final de diciembre en el hemisferio norte.

Unas flores fragantes crecen sobre este cactus.

Las espinas largas y afiladas lo protegen.

Puqui

Las espinas parecen pelo y reducen la evaporación.

Cardón

Cactus cabeza de viejo

Las espinas rojas de esta planta son muy características.

Bonete de obispo

Biznaga barril de lima

Las flores se abren de noche para que las polinicen las polillas y los coleópteros.

Arrojadoa penicillata

Los tallos robustos pueden llegar a 1 m de grosor.

altos, junto con la **pitahaya dulce**, tienen un polinizador nocturno concreto, el murciélago lengüilargo de Sandborn; otras especies reciben la visita de insectos o aves durante el día. Las flores de la **chumbera** curvan las anteras sobre las abejas para recubrirlas de polen. No todos viven en el desierto: la **Santa Teresita** crece en los árboles de las selvas tropicales de Brasil.

Vivir en el desierto

Agavosa

Cuando están secas, las plantas de la resurrección se cierran y enrollan para conservar la humedad.

Tras la lluvia, las hojas se despliegan en cuestión de horas.

Planta seca

Planta de la resurrección

Las hojas espinosas de puntas afiladas pueden alcanzar 1,5 m.

Las brillantes hojas triangulares se ordenan en forma de roseta.

Agave amarillo

Solo las jirafas, con su lengua musculosa, son capaces de llegar a las altas ramas repletas de pinchos.

Los cojines de hojas de esta planta venenosa atrapan agua en su interior.

Espina de camello

Llareta

Un desierto es un área muy seca, con una precipitación anual inferior a los 25 cm. Todas las plantas necesitan agua para vivir, pero las del desierto se han adaptado con ingeniosos métodos para almacenar agua, reducir la cantidad que pierden o tan solo poder sobrevivir tras quedar secas.

La **agavosa** y el **agave noa** retienen agua en sus hojas carnosas, que tienen la superficie cerosa para reflejar los rayos de sol y mantener la planta fresca. La **planta de la resurrección** puede perder más del 95 por ciento de su peso durante los periodos secos y arrugarse hasta ser una bola seca. Puede sobrevivir en este estado durante

Los frutos amargos contienen semillas grasas que se utilizan para crear aceites y biocombustibles.

Coloquíntida silvestre

El carnoso tallo elabora alimento para la planta a través de la fotosíntesis.

Balón viviente

Hoy **protegido**, el balón viviente casi **se extinguió** por la recolección excesiva.

Estos patrones blancos indican los puntos en los que las hojas hicieron presión entre ellas al crecer.

Las hojas jóvenes de este árbol se comen y a veces se utilizan como medicina en Etiopía.

Las hojas en forma de guijarro camuflan la planta en los desiertos de roca.

Marango

Agave noa

Piedra viva

varios años, pero revive cuando la lluvia la empapa. También el **balón viviente**, la **piedra viva** y el **marango** almacenan agua en el tallo. En desiertos y semidesiertos hay pocas plantas, por eso muchos predadores hambrientos querrían comérselas. La **espina de camello** y el **agave amarillo** se defienden utilizando afilados pinchos o espinas, mientras que otras, como la **llareta**, se protegen con veneno.

DESIERTO FLORIDO
El desierto de Atacama, en Chile, es uno de los lugares más secos del mundo, con apenas unos milímetros de lluvia al año. El terreno desnudo y abrasado parece inhóspito y muerto. No obstante, cuando llueve, millones de plantas con flor, como estas patas de guanaco, brotan y transforman el terreno en una alfombra de color. Estas plantas efímeras crecen de semillas que llevan mucho tiempo durmientes.

Las efímeras son plantas que viven rápido y mueren jóvenes. Cuando las condiciones adecuadas provocan su explosión de crecimiento, tienen pocas semanas, o a menudo solo días, para completar su ciclo de vida. Suelen ser pequeñas y bajas. Para crecer hace falta tiempo y energía, dos cosas que no les sobra a las plantas del desierto. Deben aprovechar al máximo la breve temporada produciendo flores y sacando semillas muy rápidamente. Al volver la sequía, desaparecen a igual velocidad con la que aparecieron. Dejan atrás sus semillas esparcidas, ocultas y protegidas en las grietas del suelo roto, donde pasarán la dura temporada que les espera hasta la siguiente lluvia. La espera puede que sea muy larga.

Plantas carnívoras

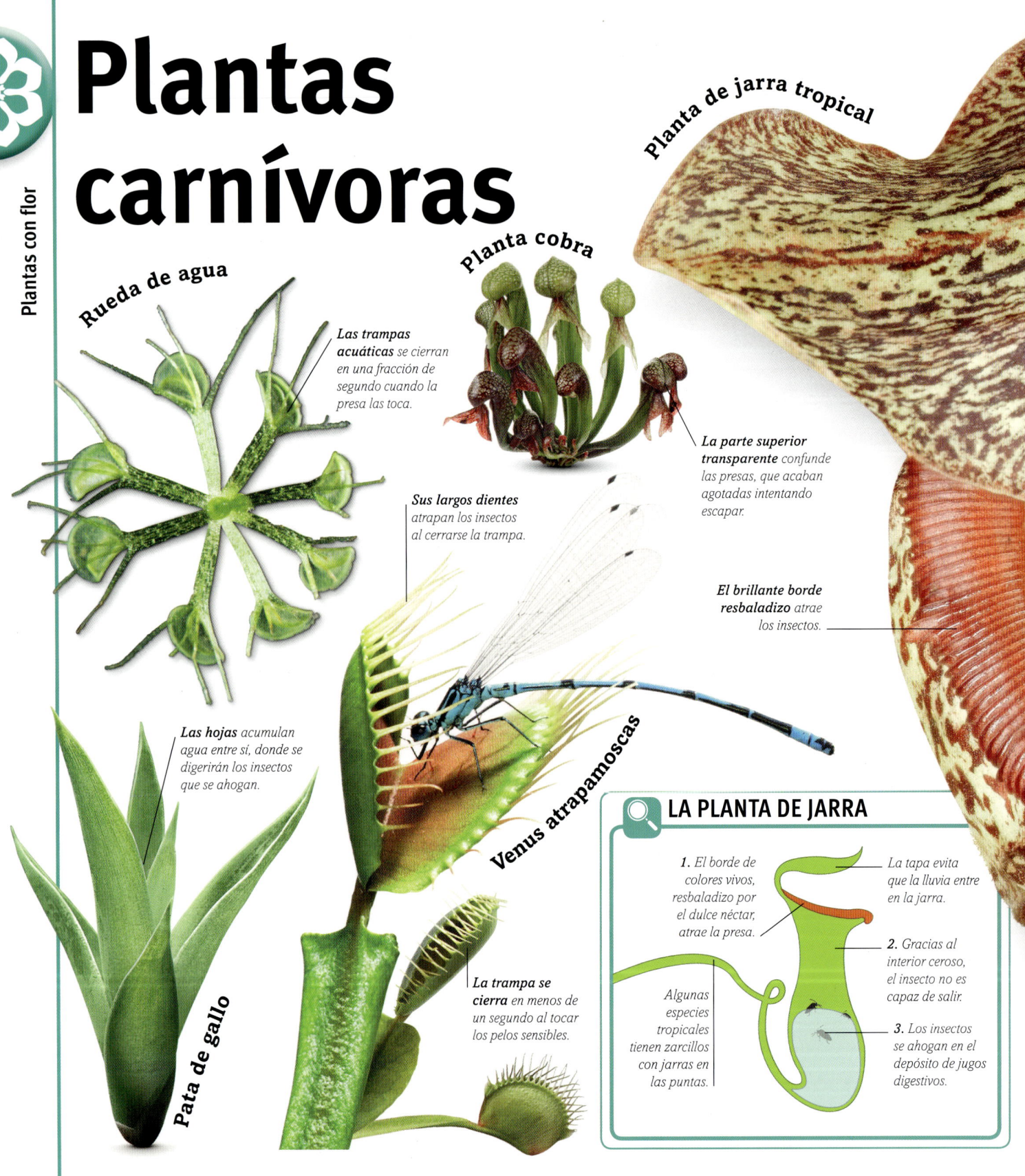

Planta de jarra tropical

Rueda de agua

Las trampas acuáticas se cierran en una fracción de segundo cuando la presa las toca.

Planta cobra

Sus largos dientes atrapan los insectos al cerrarse la trampa.

La parte superior transparente confunde las presas, que acaban agotadas intentando escapar.

El brillante borde resbaladizo atrae los insectos.

Las hojas acumulan agua entre sí, donde se digerirán los insectos que se ahogan.

Venus atrapamoscas

La trampa se cierra en menos de un segundo al tocar los pelos sensibles.

Pata de gallo

LA PLANTA DE JARRA

1. El borde de colores vivos, resbaladizo por el dulce néctar, atrae la presa.

La tapa evita que la lluvia entre en la jarra.

Algunas especies tropicales tienen zarcillos con jarras en las puntas.

2. Gracias al interior ceroso, el insecto no es capaz de salir.

3. Los insectos se ahogan en el depósito de jugos digestivos.

Muchos animales comen plantas, pero hay plantas que comen animales. Las plantas carnívoras suelen crecer en marjales, donde atrapan insectos y pequeños animales para obtener el nitrógeno y los minerales que no encuentran en el suelo húmedo.

Hay varios tipos de plantas carnívoras. La **rueda de agua** y la **venus atrapamoscas** tienen trampas que se cierran rápidamente para atrapar a sus víctimas. Las **plantas de jarra** tienen un borde de néctar que atrae sus presas. Los insectos caen en la jarra, llena de jugos digestivos que descomponen

Las trampas en forma de tubo contienen pelos hacia abajo para evitar que la víctima pueda escapar.

Los pelos sensibles, al tocarlos la presa, abren la trampilla, que se hincha y absorbe la víctima hacia el interior.

Barbapapa

Los pelos sensibles están cubiertos de jugos pegajosos y se enrollan alrededor de la presa.

Col de vejigas

Las hojas en forma de tubo producen néctar para atrapar los insectos, que luego digieren las bacterias de la trampa.

Los pelos pegajosos, solo en las hojas de verano, atrapan los insectos.

Rocío del sol

Los fragmentos sin digerir de los insectos se hunden hasta el fondo de la colorida trampa.

Col de mantequilla

Heliamphora heterodoxa x minor

su cuerpo. La **col de mantequilla** y el **rocío del sol** tienen unas trampas con pelos pegajosos, dulces e irresistibles, que atraen los insectos y luego los digieren lentamente. La **col de vejigas** es increíble: sus hojas han evolucionado para formar trampas en forma de bolsa que le ayudan a obtener los nutrientes necesarios. Unos sensibles pelos activan las trampas bajo el agua, que actúan como aspiradoras y absorben pequeñas presas que nadan cerca.

Plantas venenosas

Belladona

Dulces pero venenosas, las bayas negras pueden ser mortales.

Las hojas tóxicas envenenan la leche de las vacas que se las comen.

Ojo de muñeca

Raíz de víbora blanca

Todas las partes de la planta son tóxicas; las semillas son las que contienen más veneno.

Cicuta

Muguete

Esta bonita planta es muy venenosa.

Una única semilla contiene suficiente veneno para matar a un humano adulto.

Coralillo asiático

Muchas plantas producen venenos para evitar que se las coman. Algunas solo causan malestar, mientras que otras te pueden matar. No comas ninguna parte de una planta, salvo que alguien experto te confirme que es seguro hacerlo.

A lo largo de la historia, se han conocido las propiedades venenosas de ciertas plantas y se han utilizado con fines letales. La **belladona** se empleaba para envenenar las puntas de las flechas, y, según la leyenda, se utilizó **cicuta** para ejecutar a Sócrates, el filósofo de la antigua Grecia.

Pong-pong

El fruto contiene una semilla venenosa; puede matar a una persona en dos días.

Adelfa

Las hojas, venenosas, son muy amargas.

Estas amargas bayas blancas parecen ojos de muñeca.

Ricino

Las flores púrpuras de esta planta tienen forma de casco.

Estas peligrosas hojas pueden causar ampollas si se tocan.

En las **semillas** venenosas hay algunas de las sustancias más **mortales.**

Acónito

Cada cápsula pinchuda tiene tres habas en su interior.

Manzanillo de la muerte

Si se comen, las tóxicas hojas de esta planta pueden matar en cuestión de horas.

La savia letal de estas hojas puede provocar un sarpullido si se toca.

Tejo

Las bayas rojas ocultan unas semillas venenosas.

Se restregaba **acónito** en las puntas de las flechas para cazar lobos, y en época romana era habitual usarlo para asesinar a enemigos. La ricina se extrae de una planta llamada **ricino** y es uno de los venenos más letales que conocemos. Pese a que todas las plantas de estas páginas son tóxicas para nosotros, algunas son inofensivas para los animales. Por ejemplo, las aves comen bayas de **ojo de muñeca** y **tejo** sin verse afectadas. Se sabe que las iguanas se dan un festín con los frutos y las hojas del tóxico **manzanillo de la muerte.**

Plantas parásitas

Muérdago

Las plantas echan raíces en las ramas a partir de las semillas en los excrementos de las aves que han comido bayas de muérdago.

Cabello de ángel

Los tallos finos se enrollan alrededor de la planta huésped y le debilitan el sistema inmunitario.

Disciplinaria de Cuba

Las flores rojas son la única parte visible de este parásito sin hojas fuera del cactus.

Los pálidos tallos de esta planta son parásitos de la hiedra.

Flor de tallo

Los tallos de flor en forma de seta emergen de los tallos subterráneos, que se alimentan de las raíces de la planta huésped.

Velacho

Espárrago de lobo

Unas diminutas flores, de 2 mm de ancho, brotan a lo largo del tallo del huésped.

La mayoría de las plantas absorben agua y nutrientes del suelo para crear su alimento con la energía de la luz del sol, pero hay algunas que sobreviven con alguna treta. Las plantas parásitas perforan el tallo o las raíces de otras plantas para quitarles sus reservas conseguidas con gran esfuerzo.

Las plantas parásitas son de dos tipos principales: las hemiparásitas (medio parásitas) usan la luz del sol para crear parte de su alimento, pero absorben agua, nutrientes y a veces azúcares de la planta huésped en la que viven. Algunas, como el **muérdago** y el **árbol de Navidad australiano**, mueren si no encuentran huésped al que robarle

Rompeanteojos

Su diminuta flor silvestre depende de los nutrientes que roba de las raíces de las gramíneas vecinas.

Triphysaria eriantha

El parásito roba nutrientes de las raíces de otras plantas para llegar hasta los 35 cm.

La flor cadáver es la **más grande** del mundo, con más de 1 m de ancho.

INVASIÓN DEL HUÉSPED

Las plantas parásitas tienen unas raíces modificadas que se conocen como haustorios y que penetran en las raíces o tallos de la planta huésped para quitarle agua, alimento y nutrientes.

Planta huésped

Parásito

El haustorio crece hacia las señales químicas que envía la raíz del huésped.

Plantas parásitas

Flor cadáver

Árbol de Navidad australiano

Sus flores tienen el aspecto y el olor de la carne putrefacta.

Las codiciosas raíces de este árbol pueden quitar nutrientes a plantas que estén a 110 m de distancia.

recursos. Otras, como la **rompeanteojos** y *Triphysaria eriantha*, pueden sobrevivir sin huésped, aunque no crecen tan bien. El segundo tipo, las holoparásitas (parásitas completas), no son capaces de elaborar alimento por sí solas y tienen que encontrar una planta huésped para sobrevivir. Algunas holoparásitas, como el **cabello de ángel**, crecen sobre el suelo. La mayoría, como la **disciplinaria de Cuba**, el **velacho**, la **flor de tallo**, y la impresionante **flor cadáver**, viven en el interior de su planta huésped y solo salen para florecer. Por lo general, las plantas parásitas no matan a sus huéspedes, pero los pueden debilitar.

En la montaña

Esta protea es una planta en peligro de extinción en su Sudáfrica natal.

Las minúsculas hojas del clavel de los Alpes quedan casi ocultas por sus grandes flores durante la primavera.

Raspilla

Protea flor

De cada roseta brotan varias puntas de flores amarillo vivo.

Estas puntas muy curvadas de botones rosa se abren y se convierten en flores azules.

Clavel de los Alpes

Las altas espigas de flores se desarrollan rápidamente durante la primavera.

Cape blanco

Estas flores estrelladas atraen las abejas.

Palma christi

Las hojas carnosas tienen forma aristada.

Siempreviva de telarañas

Vivir en la montaña es difícil. En las alturas, las plantas están expuestas a temperaturas extremas, un clima gélido en invierno y la intensa luz del sol en verano. El suelo es fino y seco. Aun así, algunas plantas consiguen sobrevivir en este entorno. Muchas son de tallo corto, para evitar el viento, y hojas pequeñas, para reducir el calor y la pérdida de agua. Suelen crecer en grupo. Algunas plantas incluso cuentan con hojas plateadas o blancas para reflejar la luz del sol.

Las espigas de las flores caídas pueden llegar a 60 cm.

Botón de oro de las montañas

Esta planta hawaiana en peligro de extinción crece alrededor de un volcán a más de 2100 m de altitud.

Espada de plata de Haleakala

Incluso las cabezuelas de la verónica de roca crecen cerca del suelo.

Fritillaria atropurpurea

Esta planta silvestre crece poco para evitar los fuertes vientos.

Verónica de roca

Hay plantas que pueden crecer hasta a **6150 m** sobre el nivel del mar.

Esta preciosa planta sobrevive al frío extremo, pero no a las sequías.

Lewisia longipetala

Podófilo

Los finos pelos blancos que parecen telarañas reducen el calor y la pérdida de agua.

Esta rara planta solo vive cerca del lago Tahoe en California, Estados Unidos.

Las plantas de montaña se han adaptado de distintas formas a su seco hábitat. La **palma christi** y *Fritillaria atropurpurea* superan el frío invierno como bulbos y florecen en la primavera. El **podófilo** no tolera el sol y la sequedad, y por eso crece rápidamente durante la primavera y luego vuelve a morir y queda bajo tierra el resto del año. Otras, como el **cape blanco**, el **clavel de los Alpes**, la **siempreviva de telarañas** y *Lewisia longipetala* producen hojas cortas y robustas, y sobreviven todo el año quedándose cerca del suelo para resguardarse del viento.

Rastreras y trepadoras

Los finos zarcillos van describiendo rizos en el aire hasta que tocan algo a lo que agarrarse.

Jazmín estrellado

Esta trepadora de dulce olor está cubierta de flores blancas.

Las lianas **reconocen** su propia **señal** química y no se estrangulan ellas mismas.

Estas fragantes flores suelen cultivarse sobre un entramado de cañas.

Albejana

Los tallos espinosos de la planta pueden llegar a los 12 m de altura.

Un sinfín de flores cuelga de los tallos enroscados.

Glicinia

Buganvilla

Espinas curvadas

Las lianas pueden ser rastreras o trepadoras. Las rastreras crecen y proliferan por el suelo, mientras que las trepadoras se encaraman hacia la luz del sol. A medida que van creciendo, quizá se enrollan alrededor de un árbol, o se enganchan a una pared o una valla, y le dan una nota de color al jardín.

Algunas trepadoras, como el **jazmín**, enrollan sus tallos alrededor de otras plantas para trepar. Las **clemátides** hacen lo mismo, pero utilizan unos tallos de largas hojas para enrollarlos sobre sus vecinos e ir subiendo. La **buganvilla** clava sus pinchos en las superficies para llegar más arriba, mientras que la **albejana**, la **parra**

Hiedra común

Raíces para
agarrarse

**Los grupos de raíces
del tallo** *hacen que
pueda llegar a 30 m.*

**Trompetero
naranja**

**Sus flores grandes
y coloridas** *la hacen
muy popular.*

Dos hojuelas *suelen
compartir un zarcillo
para encaramarse.*

Zarcillos prensiles
ramificados

Parra virgen

Clemátide

Ventosas pegajosas

**Los zarcillos de
punta pegajosa**
*se enganchan a
la pared.*

**Las hojas
palmeadas**
*se tornan de
color rojo vivo
en otoño.*

TALLOS ENROSCADOS

Las plantas no tienen ojos, pero usan los zarcillos para encontrar
cosas a las que agarrarse. Algunas detectan la sombra de un objeto
vecino y otras detectan las señales químicas de las otras plantas.

1. El zarcillo crece
hacia fuera.

2. Va girando hasta que
detecta algún objeto.

3. El zarcillo se
enrolla al soporte.

virgen y el **trompetero naranja** producen finos zarcillos que
buscan cualquier cosa a la que engancharse. De los tallos
de la **hiedra común** brotan grupos de raíces aéreas
en forma de dedos que penetran en cualquier grieta
de la corteza, pared o valla. Estas potentes raíces se
fijan con tanta fuerza que es complicado retirarlas y
pueden provocar daños en casas y cortezas de árbol.

Yemas que se abren › Las hojas y los nuevos tallos brotan de las yemas que protegen el delicado tejido blando de las heladas del invierno. El nuevo crecimiento hace que la yema estalle y se abra.

La hoja está totalmente replegada en el interior de la yema, pero tarda muy poco en estallar y abrirse.

Las escamas de la yema son duras e impermeables.

Arce real

Primavera
A medida que avanza la primavera y el clima es más cálido, las hojas empiezan a brotar en las yemas de las ramas. Las hojas verdes utilizan la luz del sol para elaborar alimento para que el árbol crezca y produzca flores.

Verano
Con los largos días de luz solar, el árbol produce mucho alimento y queda repleto de hojas y flores amarillas, que las abejas se encargan de polinizar. Cuando estén fecundadas, las flores se convertirán en frutos y se formarán las semillas.

El paso de las estaciones
El ciclo de crecimiento de los árboles de hoja caduca, como este arce real, va al ritmo de las estaciones.

¿Qué es un árbol?

De todas las plantas, los árboles son los más grandes y los que viven más años. En lugar de tener tallos verdes, tienen troncos leñosos que normalmente se dividen en varias ramas. El tejido leñoso es muy robusto y, gracias a él, algunos árboles pueden llegar a alturas increíbles de 100 m o incluso más. Una red de raíces fija el árbol al suelo y absorbe agua y nutrientes del terreno.

Anillos del tronco

La robusta corteza exterior protege la capa de tejido vegetal que crece por debajo.

Los anchos anillos claros se forman en primavera, y los estrechos y oscuros; el resto del año.

El duramen, el centro del tronco, es la parte más antigua del árbol.

Sección transversal del tronco de un árbol

Cada año, el tronco de los árboles se hace más ancho porque añade una capa de tejido leñoso bajo su corteza. El tejido crece más rápidamente en primavera, cuando la madera es más blanda, y más lentamente a medida que avanza el año; en este caso, la madera es más dura. Así se forman los anillos de crecimiento anual, visibles al cortar el árbol.

Otoño
A medida que los días se hacen más fríos y cortos, el árbol deja de elaborar alimento. La clorofila que hace que las hojas sean verdes empieza a descomponerse, y estas pasan del verde al rojo y dorado, y se caen del árbol.

Invierno
Durante los fríos meses de invierno, las ramas están desnudas y el árbol permanece inactivo, conserva su energía y agua para la primavera siguiente.

Tipos de bosques

Los bosques se forman donde llueve lo suficiente como para que crezcan grandes cantidades de árboles. El tipo de bosque depende de la naturaleza de los árboles, cosa que determina el clima.

Selva tropical
En climas húmedos sin heladas en invierno, los árboles crecen todo el año y crean selvas tropicales, que se concentran sobre todo alrededor de los trópicos.

De coníferas
Los bosques de fríos climas septentrionales se componen principalmente de robustas coníferas de hoja perenne, como pinos y píceas.

De hoja caduca
Las regiones con veranos largos e inviernos cortos tienen bosques de árboles de hoja caduca. Pierden sus hojas en otoño, pero en primavera vuelven a brotar.

¿De hoja caduca o perenne?

Las hojas pasan del verde al rojo.

Árbol de hoja caduca en otoño

Árbol de hoja perenne

Los árboles son de dos tipos: los de hoja caduca pierden sus hojas en invierno al dejar de crecer. En primavera sacan finas hojas que crean alimento de forma eficiente, y el árbol crece rápido en verano. Los de hoja perenne tienen unas hojas más resistentes que crean el alimento de forma más lenta, pero quedan en el árbol durante todo el año.

Tipos de árboles

Estos árboles pueden crecer hasta 45 m.

Pendular

Arce azucarero

Estos altos árboles tienen unas piñas pequeñas en forma de huevo.

Las rígidas hojas perennes crecen en grupos en la punta de las ramas.

Las flores del saúco se usan para aromatizar bebidas.

Pendular **Saúco**

Ciprés común

Árbol de la sangre de dragón

Todas las hojas amarillas del otoño se caen en cuestión de días.

Abanico

Su corteza **«sangra»** una **savia de color rojo sangre** si se corta.

Columnar **Ginkgo** Pendular

La forma y el tamaño de los árboles varían según las condiciones en las que viven. Los que tienen hojas todo el año se denominan árboles de hoja perenne. Los que pierden todas las hojas durante una parte del año se conocen como árboles de hoja caduca.

La mayoría de los árboles de hoja perenne son coníferas, plantas sin flor como el **ciprés común** y el **abeto del Cáucaso**, pero también hay árboles de hoja perenne con flores. Así, el **eucalipto** tiene unas hojas robustas con una película grasa que conserva el agua y cuelgan

Roble

Esférica

Este árbol de larga vida puede vivir más de 1000 años.

Acebo

Cónica

Las bayas de color rojo son comida de invierno para las aves.

Cocotero

Palmiforme

Las hojas divididas dejan pasar el viento sin perjudicar el árbol.

Las ramas crecen lentamente, solo unos 4 cm al año.

Árbol de Josué

Ramificada

Con forma de paraguas puede crecer hasta los 10 m de altura.

Higuera

Abanico

Las hojas tóxicas de este árbol son inofensivas para koalas y zarigüeyas.

Los árboles maduros pueden producir dos cosechas de higos cada año.

Eucalipto

Esférica

Cada hoja en forma de aguja de este árbol mide hasta 3,5 cm de largo.

Abeto del Cáucaso

Cónica

verticalmente para reducir la exposición al sol. Las palmas, como el **cocotero**, de clima tropical húmedo y cálido, también son de hoja perenne. Los árboles de hoja caduca se quedan sin hojas parte del año, con calor, frío o sequía. La **higuera** pierde las hojas para superar la estación seca, y el **saúco**, el **ginkgo**, el **arce azucarero** y el **roble**, que crecen en regiones con veranos suaves, pierden sus hojas para sobrevivir los fríos inviernos. Aunque el **acebo** comparta el mismo clima, sus correosas hojas perennes toleran las gélidas condiciones del invierno.

La corteza del árbol

La corteza entre roja y marrón puede tener un grosor de hasta 30 cm.

La corteza verde interior se torna azul, púrpura y naranja cuando queda expuesta al aire.

Fibrosas

(Secuoya roja)

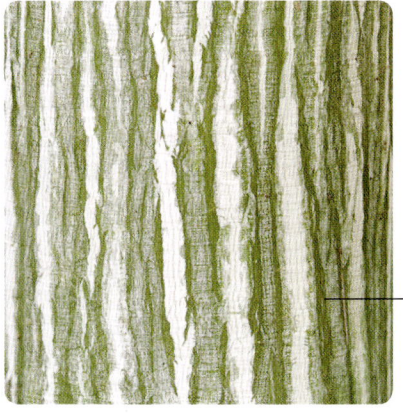

Estrías verticales

(*Acer tegmentosum*)

La corteza de color verde vivo con rayas blancas se echa a perder fácilmente si la luz del sol le da con mucha fuerza.

Con púas

(Palo borracho)

Las púas cónicas protegen de los animales esta corteza gris verdosa.

Las placas rectangulares hacen que sea fácil identificar la corteza del caqui.

Con placas

(Caqui)

Esta lisa corteza gris puede verse infectada por hongos letales.

Lisa

(Haya americana)

La corteza es la piel leñosa que protege el tronco de los árboles y los tallos de los arbustos contra las enfermedades y los animales, y conserva el agua. Se compone sobre todo de tejido muerto: una capa dura formada al morir y ser sustituidas las células vivas de debajo.

Puede tener muchos patrones y texturas, y es vital para la salud de la planta. La corteza fibrosa de la **secuoya roja** es muy resistente a los incendios, y las púas del **palo borracho** disuaden cualquier animal que se quiera comer sus ramas. Como todos los troncos necesitan aire

Papirácea
(Plátano occidental)

La salpicada corteza se pela y cae en grandes trozos.

Escamosa
(Pino)

Los poros en forma de diamante se unen y forman canales en los árboles viejos.

La corteza del roble contiene taninos, unos agentes químicos utilizados para confeccionar cuero.

Lenticelas de diamante (Álamo blanco)

Estrías con divisiones horizontales (Roble)

Para los **aborígenes de Australia**, el gomero fantasma es un **espíritu viviente**.

Grietas profundas se desarrollan en la corteza al envejecer.

Las ásperas lenticelas rompen la brillante corteza marrón cobriza.

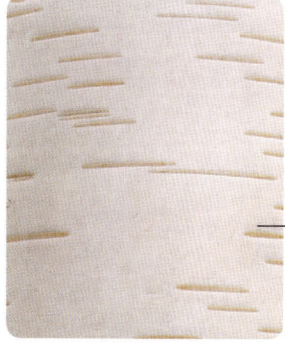

La gruesa corteza exterior se cae para revelar la corteza interior, más suave.

La corteza blanca y empolvada refleja el calor del potente sol australiano.

Estrías entrecruzadas
(Mimbrera)

Lenticelas horizontales
(Cerezo tibetano)

Blanca
(Gomero fantasma)

para sobrevivir, árboles como el **álamo blanco** y el **cerezo tibetano** desarrollan grietas en la corteza, denominadas lenticelas, que dejan pasar el aire. Algunas cortezas se parten de manera natural al crecer el árbol y muestran la capa interior. Así es cómo aparecen los bellos patrones del **eucalipto arcoíris**, del **plátano occidental** y del *Acer tegmentosum*. Un árbol puede morir si sufre daños graves en la corteza. Los escarabajos del **pino** de montaña introducen un hongo bajo la corteza para debilitar los pinos y que, al eclosionar sus huevos, las larvas puedan comer la capa viva bajo la corteza. El pino secreta resina para defenderse de estos insectos.

113

ATALAYAS ARBÓREAS
La costa del Pacífico de Norteamérica cuenta con bosques densos de coníferas que crecen en las laderas frescas y húmedas del oeste de las Montañas Rocosas. Aquí proliferan árboles enormes, como esta secuoya de la cuenca de Bear Creek, en California. A lo lejos se ve el bosque Rockefeller, el bosque maduro de secuoyas continuo más antiguo del mundo, con una extensión que supera los 40 km^2.

Este árbol parece gigante en comparación con sus vecinos, pero el árbol más alto del mundo es Hyperion, con 116 m, el doble que la Estatua de la Libertad de Nueva York, Estados Unidos. La situación exacta de Hyperion, una secuoya roja, es un secreto muy bien guardado y no hay fotografías que confirmen su existencia, pero sabemos que se encuentra en algún punto al norte de la cordillera de las Cascadas, en California, que forma parte del Parque Nacional Redwood, donde también están Helios e Icarus, el segundo y tercer árboles más altos. Pese a su altura, Hyperion, con una edad de 600-800 años, no fue descubierto hasta 2006, ya que crece en un valle que oculta su altura a simple vista.

Tiempo de flor

Las flores rosas crecen en racimos *en primavera y producen cápsulas de semillas púrpura.*

Laburno

Sus abundantes flores amarillas *le dan el nombre de «lluvia de oro».*

El pétalo erguido guía los polinizadores *hacia el néctar.*

Cercis arbustivo

Celinda

Las fragantes flores *de este arbusto contienen aceites que se utilizan en perfumes.*

Estas preciosas ramas floridas *se abren en abanico y dan sombra en entornos tropicales cálidos.*

TINTE NATURAL

En 2018 los científicos crearon un tinte natural utilizando las flores de color rojo vivo del árbol de la llama. Este tinte sirve para teñir telas de seda y algodón.

Árbol de la llama

Al llegar la primavera y el verano, los árboles y arbustos dan flor, a veces con un colorido espectacular. Los cambios en la temperatura y la duración del día indican a la planta cuándo debe florecer. Tras la polinización, las flores se convierten en frutos.

Algunos árboles, como el **endrino** y la **magnolia**, empiezan a dar flor antes de que se les abran las hojas, lo que facilita la tarea de los polinizadores para encontrar sus flores. Tras la polinización, puede que pasen varios meses hasta que se desarrollen los frutos, como las **celindas** y las

Un manzano sano puede dar fruta más de 100 años.

Manzano

Cada botón se abre en una flor de cinco pétalos a principios de primavera.

Estas delicadas flores de color rosa y blanco producen fruta en otoño.

Cionanto chino

Estas plumadas flores blancas emanan una sutil fragancia.

Endrino

Magnolia

Los pétalos gruesos ayudan la flor a soportar la polinización de los grandes y patosos coleópteros.

Las flores azules pueden estar brotando hasta dos meses.

La **magnolia** da **flores** desde la época de los **dinosaurios**.

Jacarandá

manzanas, así como las cápsulas de semillas de árboles como el **laburno** y el **cercis arbustivo**. Aunque los árboles con flores se suelen cultivar por frutos o flores, algunas, como las de la magnolia, también se usan en perfumería y en la medicina tradicional china. En Japón se celebra el inicio de la primavera y la belleza de los árboles en flor, especialmente los cerezos y los ciruelos. Gentes de todo el mundo viajan allí para disfrutar del magnífico espectáculo.

Vivir del aire

Este poblado musgo *produce esporas que pueden crecer y convertirse en nuevas plantas.*

Musgo *Orthotrichum*

Helecho cuerno de ciervo

Estas rígidas hojas *están adaptadas especialmente para absorber la humedad del aire.*

Las frondas indivisas *crecen hasta una longitud de 150 cm.*

Planta de aire

Las hojas plateadas *cuelgan en forma de cadena.*

Helecho nido de ave

Este musgo forma cojines *en áreas sombreadas y húmedas.*

Esta planta *debe su nombre a sus frondas, que recuerdan los cuernos de un ciervo.*

Musgo español

Musgo fénix

No todas las plantas crecen en el suelo. Los epífitos son un tipo de plantas que se fijan a otras plantas o al tronco de los árboles. Estas plantas no quitan nutrientes a sus huéspedes, sino que absorben agua y nutrientes del aire y la lluvia, o a veces de las hojas muertas que se acumulan en la base.

Es fácil ver musgos como el **musgo fénix** u *Orthotrichum* en paredes o troncos. Sobreviven almacenando agua como esponjas. El **musgo español** no es un musgo verdadero, sino una planta con flor. Es uno de los aproximadamente 650 miembros del grupo de las plantas aéreas. Deben su nombre a su capacidad

Orquídea collar

Las hojas impermeables *pueden ser de muchos colores y crean depósitos de agua en el centro de la planta.*

Las largas tiras de flores *emiten un olor dulce para atraer los insectos polinizadores.*

Bromelia

Ranas, *insectos e incluso cangrejos son algunos de los habitantes de las bromelias.*

Estas flores amarillas *parecen el vestido dorado de una bailarina; de ahí le viene el nombre.*

CAPAS DE VIDA

La selva tropical se divide en cuatro capas, cada una con un conjunto de plantas y animales. Los hongos del oscuro suelo descomponen la materia vegetal. Los arbustos del sotobosque dan cobijo a pequeños animales y predadores a la sombra del follaje, hogar de aves y animales arborícolas. Los árboles que sobresalen alojan animales que vuelan alto, como águilas y murciélagos.

Los **zánganos** atacan la orquídea, que confunden con un rival, y la **polinizan**.

Capa emergente

Follaje

Sotobosque

Suelo de la selva

Calaguala de Venezuela

Las frondas en forma de cinta *crecen hasta una longitud de 1 m.*

Dama danzante

Las hojas *tienen una capa cerosa que reduce la evaporación.*

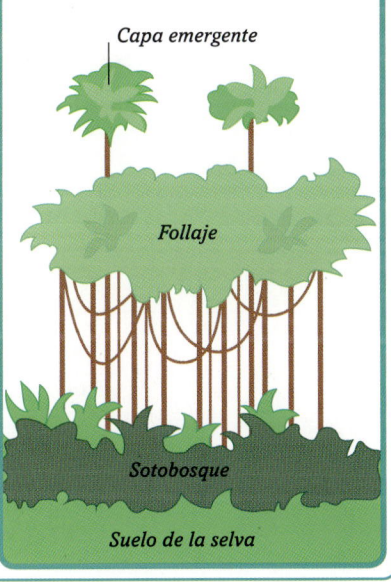

de utilizar sus hojas para absorber agua del aire. Muchas **orquídeas** epífitas crecen en entornos húmedos, como en las selvas tropicales. También captan la humedad del aire, pero no con sus hojas, sino con sus raíces carnosas. El **helecho cuerno de ciervo** también usa sus raíces para absorber el agua de su entorno, produciendo unas frondas que quedan planas contra el tronco del árbol para evitar que se sequen. Las coronas de frondas de la parte superior de esta planta y de otros helechos epífitos, como el **helecho nido de ave** y la **calaguala de Venezuela**, también recogen agua y las hojas que pierden otras plantas, que contienen unos nutrientes muy necesarios para estas plantas.

MATAPALO En Wat Mahathat, monasterio budista de Ayutthaya, Tailandia, un matapalo crece alrededor de la cabeza rota de una estatua de Buda. Esta planta empieza su vida cuando, gracias a algún animal, como un ave, su semilla pequeña acaba sobre la rama de cualquier árbol.

Tras germinar, las raíces de la plántula crecen hacia abajo, siguiendo el tronco del árbol y absorbiendo nutrientes de los depósitos de tierra de las ramas. Al llegar al suelo, el matapalo crece más rápido y manda sus brotes más arriba, hacia la luz del sol. Muchas raíces se enrollan por el árbol huésped y encierran su tronco en una maraña que, a medida que crece, se va haciendo más gruesa y estrecha; en ocasiones el árbol acaba muriendo. El matapalo crece sobre cualquier cosa que encuentre, incluidas paredes y casas enteras.

El suelo del bosque

En los bosques templados, la vida vegetal se adapta a las cuatro estaciones. Las flores brotan al empezar la primavera, antes de que los árboles saquen hojas y les priven de luz. Luego llega el turno de las plantas que han evolucionado para vivir en la sombra, como los helechos y los musgos.

Una alfombra de flores acampanadas cubre el suelo de los bosques de Europa occidental en primavera.

Jacinto de los bosques

Zapatilla de Venus

Estas flores estrelladas huelen a almizcle.

Anémona de bosque

Los tallos con flores quedan por encima de las hojas para atraer polinizadores.

Lirio llantén

Los cojines de musgo pueden llegar a 10 cm de altura.

Musgo escoba

Los pelos atraen los insectos para la polinización, aunque esta orquídea no produzca néctar nutritivo.

Estas hojas comestibles huelen y saben a ajo.

Sandalia de Venus

Ajo de oso

Los pétalos en forma de bolsa obligan a los insectos a frotarse con el polen amarillo de la parte superior, lo que ayuda a la polinización.

La **anémona de bosque** es una de las primeras flores de la primavera, seguida por los **jacintos de los bosques** y el **ajo de oso**, que brotan desde sus bulbos subterráneos y captan la luz del sol con unas largas hojas. Estas plantas se conocen como «efímeras de primavera» porque pasan solo unas pocas semanas en floración antes de volver a morir hasta la siguiente primavera. El **trilio blanco** vive hasta 70 años así. Encerrado bajo el espeso follaje verde, el suelo del bosque está oscuro, frío y húmedo durante todo el verano, condiciones ideales para que crezcan los **helechos rizados** y los **musgos**. En otoño los árboles pierden las hojas, que aíslan el terreno durante los meses más fríos, y se acumula una gruesa capa de materia que enriquece el suelo.

Trilio blanco

Seis tépalos crecen alrededor de las anteras. Los tépalos se curvan atrás, hacia el tallo, para mostrar la flor a los polinizadores.

Cada folíolo (hojuela) tiene un lóbulo que se une a la base y le da forma de puño de espada.

Helecho rizado

Una bráctea rayada rodea y cubre la espiga de flores.

Lirio trucha

Es una planta **venenosa**, pero si se cocina bien, se puede hacer **pan** con su raíz.

Arisaema triphyllum

Las flores de tres pétalos aparecen por primera vez cuando tiene 7-10 años.

Los densos grupos crecen lentamente, pero pueden llegar a una anchura de 1 m. Las hojas no superan los 9 mm de longitud.

Musgo glauco

Bonsáis

Cada manzana miniatura mide 1 cm de ancho, un quinto del tamaño de la manzana silvestre típica.

El **bonsái** más **pequeño** alcanza solo unos **5 cm** de altura.

La densidad de la copa hace que sea uno de los favoritos entre los aficionados.

Azalea satsuki

Pino silvestre

Las bayas rojas cubren el árbol hembra todo el invierno.

Acebo caducifolio japonés

Manzano silvestre

Estas flores en forma de embudo pueden medir desde menos de 2 cm hasta 17 cm de ancho.

Grabado japonés del siglo XVIII *con una escena del comercio de bonsáis.*

Comercio de bonsáis

El sinfín de flores púrpura hace que la glicinia sea un bonsái popular.

Glicinia

La palabra «bonsái» significa «plantado en una bandeja» y es el arte asiático de cultivar árboles en miniatura. La pequeña maceta ayuda a restringir el crecimiento, y las ramas se podan con arte para hacer que la planta se quede pequeña e imite la forma natural del árbol en su tamaño habitual.

Pese a que su altura suele oscilar entre los 13 y los 25 cm, los bonsáis suelen dar flores y frutos. Especies como la **glicinia** y la **azalea satsuki** son populares por sus espectaculares floraciones, y otras, como el **manzano silvestre** y el **granado enano**, producen frutos diminutos. Los bonsáis requieren la poda precisa de brotes

LA PODA DEL BONSÁI

Para podar las ramas de los bonsáis y darles unas formas atractivas sin que crezcan demasiado rápido, se utilizan tijeras especiales.

Enebro chino

La forma espectacular se logra podando o doblando ramas con tutores que se retiran más adelante.

Las hojas de otoño son un espectáculo de color muy apreciado.

Arce japonés

Las floraciones rosa, blanca, roja o púrpura se suelen producir en mayo, que en japonés es «satsuki»; de ahí viene su nombre.

Olmo chino

Con las rocas se crean diseños espectaculares.

Granado enano

Las ramas y el tronco se han tutorizado para que parezca que lo dobla el viento.

y raíces, y hay que ser muy hábil para evitar matar los árboles durante el proceso. El bonsái de **olmo chino** es muy sufrido y suele sobrevivir a los errores de los principiantes. Se ha demostrado que un **enebro chino** de Japón tiene unos 1000 años,

tras siglos de podas y modelados precisos por parte de maestros de los bonsáis. Con el tiempo y los cuidados necesarios, los bonsáis pueden alcanzar un valor extraordinario. En 2011 se vendió el bonsái más caro de la historia, por 100 000 000 de yenes japoneses, equivalentes a un millón de euros.

¿Qué es una gramínea?

Las gramíneas son plantas bajas de hojas largas y estrechas, tallos articulados y flores que casi siempre tienen forma de espiga. Hace más de 66 millones de años que apareció por primera vez este grupo de plantas; desde entonces, ha evolucionado hasta las 12 000 especies de gramíneas de la actualidad. Las gramíneas cubren grandes áreas en todos los continentes, y son el tipo de planta más común.

Flores de gramínea

Flor de cola de zorra

Las anteras salen de las flores y quedan colgando al aire, para que el viento se lleve los granos de polen.

Las gramíneas dan espigas de flores con muchas flores pequeñas, que poliniza el viento. Cuando maduran, cada flor deja sus anteras colgando al aire para que el viento se lleve millones de granos de polen, que fertilizarán los pegajosos estigmas plumados de otra gramínea. Como las gramíneas no tienen que atraer animales polinizadores, sus flores han perdido los coloridos pétalos.

Punto vegetativo ❯ Las gramíneas pueden sobrevivir al pasto constante de los animales silvestres y de granja porque tienen el punto vegetativo en la base del tallo, cerca del suelo. Cuando los animales rumiantes se comen sus hojas, este punto vegetativo queda intacto, lo que permite a la planta volver a crecer con facilidad.

Lámina de la hoja ❯ Muchas gramíneas tienen unas hojas largas y finas, con los nervios paralelos cubriendo toda la longitud de la lámina. Cada nueva hoja emerge de la base de la antigua lámina.

Grama de olor

En la base de cada hoja de la gramínea crecen las vainas de las hojas que, rodeando el tallo, evitan que se rompa y protegen el punto vegetativo.

Raíces ❯ Las gramíneas tienen unos sistemas radiculares muy densos, que mantienen la planta en su lugar incluso tras los tirones de los animales de pasto. También evitan la erosión.

Falsas gramíneas

Juncáceas
Esta lúzula tiene unas hojas largas y finas que parecen de gramínea, pero realmente es una juncácea y pertenece a una familia de plantas cercana.

Posidonia
Estas algas de los vidrieros viven en el lecho oceánico, donde son un importante hábitat y fuente de alimento de peces y demás vida marina.

Juncias
Las juncias son plantas de humedales con unas hojas que se parecen a las de las gramíneas, pero se distinguen de estas y de las juncáceas por su tallo triangular.

Praderas

Los hábitats de pradera cubren una tercera parte de la tierra del planeta, en regiones demasiado secas para sostener un bosque y demasiado húmedas para ser un desierto. Desde la sabana africana hasta las praderas norteamericanas y los prados europeos, soportan una gran variedad de fauna, como estas gacelas de Grant. Los incendios forestales a veces las queman, lo que potencia las robustas gramíneas y arrasa con los pimpollos de árboles.

Tipos de gramíneas

Es posible que lo que te venga a la cabeza al pensar en gramíneas sea el césped del jardín, pero la verdad es que hay miles de especies muy diferentes, incluyendo cultivos, como el arroz, e incluso el bambú. No son las plantas más coloridas, pero son muy importantes. Crecen en hábitats de todo el mundo, como desiertos, montañas y selvas tropicales.

Bambú sombrilla

Las hojas gris azuladas crecen en grupos de hasta 20 cm de altura.

Castañuela azul

Pasto antártico

Las **praderas** cubren **un tercio** de la superficie terrestre del planeta.

Esta gramínea es una de las dos plantas con flor autóctonas de la Antártida.

Los tallos de flores divididos de esta gramínea parecen una pata de gallo, y de ahí le viene el nombre.

Las hojas, que parecen de hierba, crecen en tallos leñosos, al contrario que en las otras gramíneas.

Pata de gallo

Aunque la mayoría se parecen, algunas tienen características que las hacen destacar. Mientras que los **bambús** crecen con tallos leñosos que permiten que algunas especies lleguen hasta los 50 m de altura, el **pasto antártico** vive en un clima tan duro y frío que apenas sobresale unos centímetros del suelo. La mayoría de las gramíneas son de tono verde, aunque algunas son apreciadas por sus colores, como las hojas rojas del **cogón de Filipinas** y el follaje gris azulado de la **castañuela azul**. Las espigas de flores rojas de la **hierba de cabello rosado** añaden un toque de color a los jardines, mientras que muchas personas cultivan **hierba de la pampa de los Andes** por sus altas y plumadas espigas de flores que ondean al viento.

Estos esponjosos penachos de flores son muy populares entre los jardineros.

Cola de liebre

📊 ALTAS Y ÚTILES

El pasto elefante asiático se convierte rápidamente en una planta alta sin que necesite mucha agua o alimento. Prolifera incluso en terrenos pobres; esta gramínea se utiliza como pasto para vacas y elefantes. También se planta para evitar la erosión del suelo en terrenos secos o sobreexplotados. Los científicos han considerado el uso de la variedad asiática de esta planta como biocombustible para quemarla y así producir electricidad.

4 m

Canastilla de hoja ancha

Las espigas de flores aplanadas tan solo miden 1 cm de largo.

Las espigas de flores parecen una esponjosa nube rosa.

Hierba de cabello rosado

Cogón de Filipinas

Las suaves espigas de flores parecen cepillos para limpiar botellas.

Hierba de fuente

Esta alta gramínea puede llegar a los 3 m de altura.

Hierba de la pampa de los Andes

Las puntas rojas de las hojas se tornan verdes en la base.

Gramíneas y granos

Las gramíneas dan los granos que alimentan el mundo. Las gramíneas con semillas comestibles se conocen como cereales, y llevamos miles de años cultivándolas. Hoy en día los cereales se cultivan a gran escala en todo el mundo.

Caña de azúcar

La avena se suele moler para hacer gachas.

Granos de arroz

Cuando está a punto para su cosecha, la caña de azúcar puede ser el doble de alta que un adulto.

Arroz

La dulce savia que se extrae de este tallo se seca para elaborar azúcar de caña.

Granos de avena

Esta planta de humedal se cultiva en campos inundados.

Avena

Cada espiga contiene hasta 80 granos de trigo.

Los cereales resistentes a las sequías son claves en África.

Granos de sorgo

Trigo

Sorgo

Cristales de azúcar

Granos de trigo

El cereal más cultivado es el **maíz**. Sus granos alimentan el ganado o se convierten en un biocombustible llamado etanol. El segundo más cultivado es el **arroz**, esencial para alimentar a más de la mitad de la población, sobre todo en Asia. El tercer cereal más importante, el **trigo**, se suele moler para convertirlo en harina con la que se elaboran pan y pasta. La **cebada**, el cuarto, se usa como alimento, pero también para elaborar bebidas alcohólicas. El quinto es la **caña de azúcar**, gramínea cultivada por su dulce savia, que se extrae moliendo los tallos. El espeso líquido se endurece y al enfriarse se muele para obtener cristales de azúcar.

Cada hilo de lo que se conoce como barba está unido a un único grano.

El **área total** de cultivo del maíz es mayor que toda **Alemania**.

Los granos ricos en proteína se trabajan para hacer pasta con ellos.

Granos de trigo duro

Trigo duro

Granos de maíz

Granos de cebada

Los granos se pueden poner en remojo, hacer brotar y secar (en un proceso conocido como malteado) para un sabor más intenso.

Centeno

Cada larga espiga cilíndrica contiene hasta 3000 granos.

Cebada

Los granos son una buena fuente de proteína y fibra.

Los nutritivos granos se convierten en pan moreno.

Maíz

Mijo negro

Granos de mijo

Granos de centeno

TERRAZAS DE ARROZ
Los arroceros de estos espectaculares campos deben superar el miedo a las alturas. Las escalinatas, que en algunas partes suben casi verticalmente, se encuentran a unos 280 km de Hanói, la capital de Vietnam. El arroz, uno de los alimentos más consumidos del mundo, se cultiva por todo el Sudeste Asiático y es extremadamente importante para la economía de muchos países.

Hace siglos que se excavaron estos arrozales en el distrito de Mu Cang Chai, en el nordeste de Vietnam. Con herramientas manuales, los antiguos agricultores se afanaron en aprovechar hasta la última pizca de tierra fértil. Hoy, las terrazas producen gran parte del arroz del país. Con una superficie de unas 2000 hectáreas, las plantas van cambiando de color: pasan del verde al dorado a medida que avanzan las estaciones. Cultivar arroz sigue siendo una tarea ardua. Es complicado emplear maquinaria en un lugar tan inclinado, y por eso se trabaja a mano. Tras la plantación, los arroceros están todo el día arrancando las malas hierbas y, hasta que llega la cosecha, mantienen inundadas las terrazas.

Bajo tierra

Estos tallos subterráneos crecen en el fondo de los estanques.

Punta de flecha

Remolacha

Diente de león

Chirivía

Las amargas raíces de esta planta tienen un uso medicinal.

La raíz blanca se torna púrpura al quedar expuesta a la luz del sol.

Nabo

El jugo rojo de la remolacha se utiliza como colorante alimentario natural.

Esta raíz se vuelve más dulce tras las heladas del invierno.

ZANAHORIA COLOSAL

La zanahoria más pesada
10,17 kg

Gatos
(Peso de dos gatos)

Christopher Qualley cultivó la zanahoria más pesada del mundo en Minesota, Estados Unidos, en 2017. Pesaba 10,17 kg, ¡como dos gatos juntos!

Estas cavidades forman un patrón muy característico.

Raíz de loto

Las hortalizas que crecen bajo tierra se pueden almacenar mucho tiempo, lo que las convierte en importantes cultivos alimentarios, especialmente si escasea el resto de los alimentos. Las raíces almacenan la energía de las plantas para la primavera... ¡si nadie se las come antes!

Muchas hortalizas subterráneas, como la **chirivía**, la **remolacha**, la **zanahoria**, el **colinabo** y el **daikon**, son raíces hinchadas, pero otras guardan la energía de otras formas. Las plantas de la **punta de flecha** y el **taro** almacenan la energía en cormos, unos tallos que parecen bulbos, mientras que las raíces del **loto** son rizomas,

Taro

Este tallo subterráneo es un alimento importante de regiones tropicales de África y Asia.

Esta gran raíz puede alcanzar los 30 cm, y se usa como alimento de invierno para humanos y ganado.

Colinabo

Las variedades coloridas se cultivan por su alto contenido en vitaminas.

Rábano

Patata

Estas picantes raíces se comen crudas en la ensalada.

Zanahoria

Esta raíz tropical se usa para producir harina, y también se puede comer como verdura.

Yuca

Los rugosos tubérculos son más dulces si se dejan al sol.

Daikon

Las largas raíces blancas crecen hasta 60 cm y son un alimento popular en Asia.

Oca

Estas crujientes raíces tienen un sabor dulce y aparecen en varios colores.

tallos modificados que crecen horizontalmente. Las **patatas** y las **ocas** son tubérculos a partir de tallos hinchados, y tienen ojos de los que salen los nuevos brotes. Muchas hortalizas de raíz son fuentes de alimentación vitales. La **yuca** se puede cultivar en suelos pobres y secos, y es básica en muchas partes de África. El **diente de león** es famoso por sus flores amarillas, pero sus raíces se utilizan en infusiones; se cree que tienen propiedades medicinales.

Frutos rojos

Baya de goji

Al madurar cambian de color: del blanco al rojo y luego al púrpura.

Estas bayas ovaladas tienen un sabor agridulce y se comen secas.

Grosella negra

Grosella roja

Hasta 25 bayas rojas produce cada tallo.

Mora

Sus frutos son deliciosos, frescos o en mermelada.

Racimo de «polidrupas»: minifrutos, todos con una semilla.

Frambuesa

Con estas bayas se elaboran mermeladas y jarabes.

Camemoro

La salsa de arándanos se usa en muchos platos.

Estos frutos de color ámbar son ricos en vitamina C.

Arándano

Esta resistente planta puede sobrevivir al frío extremo.

Zarzamora

Arándano rojo

Las jugosas frutas de piel fina que llamamos bayas, con pulpa y con semillas en lugar de hueso, también se conocen como frutos rojos. La mayoría son dulces, algunas son ácidas, pero todas rebosan de vitaminas. Las bayas silvestres han sido una gran fuente de alimento durante miles de años.

La mayoría de los frutos rojos crecen en arbustos, pero las **moras**, las **fresas chinas** y las **bayas de goji** crecen en árboles. Los arbustos de los **arándanos** son raros porque crecen en marjales, que se inundan antes de la cosecha, cuando unas máquinas conocidas como batidores hacen caer los frutos de las

Las hojas de la vid son comestibles: se sirven con rellenos salados.

Cada árbol puede producir hasta 100 kg de fruta por verano.

Los racimos pueden contener hasta 300 uvas.

Hace **8000 años** que se cultiva **uva** para elaborar **vino**.

Uva

Fresa china

Las bayas azul marino crecen hasta 1,6 cm de ancho.

Arándano

Las semillas amarillas realmente son minúsculos frutos en un dulce tallo hinchado.

Fresa

plantas para que acaben flotando en el agua y se puedan recoger. En Escandinavia, los frutos rojos silvestres más recogidos son el **camemoro** y el **arándano rojo**. Las **uvas** cuelgan en racimos de las vides y pueden presentar varios colores diferentes, desde el verde al negro. Se comen frescas, se fermentan para hacer vino y se secan para obtener pasas. Las **fresas** maduran en plantas pequeñas y bajitas. Los grandes frutos jugosos que comemos actualmente tienen su origen en las minúsculas pero deliciosas fresas silvestres, del tamaño de un guisante.

VIÑEDO VOLCÁNICO
Hace siglos, las erupciones volcánicas sepultaron de ceniza la isla española de Lanzarote, acabando con la agricultura tradicional pero creando un entorno idóneo para los viñedos. Aunque no lo parezca, la ceniza volcánica de la región vinícola de La Geria es muy fértil. El terreno rico en nutrientes junto con los días cálidos y las noches frías la convierten en una región ideal para cultivar uva.

No llueve a menudo en Lanzarote, pero en los viñedos de La Geria un método ingenioso de cultivo de vides garantiza que las plantas reciban hasta la última gota de humedad disponible. Cada vid joven se planta en un hoyo separado. Cualquier precipitación o rocío nocturno cae por las paredes del hoyo hacia las raíces de la vid que queda en el fondo.

Las bajas paredes de piedra semicircular que tienen alrededor resguardan las vides del viento y ayudan a evitar que se seque el suelo. Esta técnica se ha utilizado con éxito durante muchos años. El valle de La Geria contiene unas 10 000 vides, que producen vinos tintos y blancos. El área ha sido declarada Paisaje Protegido.

Fruta de hueso

Cereza

Esta fruta roja normalmente crece en parejas a partir de un único rabillo corto.

Ciruela

Las ciruelas también se comen secas y arrugadas.

Aceituna

Amargas y duras, se procesan para comerlas, o se prensan para extraer de ellas el aceite.

Melocotón

Verde y sin madurar, sabe a manzana, pero luego se torna púrpura y dulce como un dátil.

La piel vellosa protege la carne de esta fruta.

Azufaifa

La gran semilla redonda ocupa el 80 por ciento del interior de la baya.

Baya de azaí

Esta semilla plana y ovalada puede medir hasta 7 cm de largo y cuesta de sacar.

Mango

La fruta verde se puede comer antes de que la almendra de su interior se endurezca.

Almendra

Estos frutos de piel fina, firmes y a menudo carnosos, con una única semilla dura en el centro, se conocen como drupas o, más habitualmente, fruta de hueso. Muchos se han cultivado a partir de árboles silvestres para que den frutos más grandes y jugosos.

Durante miles de años, los frutos de la **palmera datilera** han sido un alimento vital para los pueblos del desierto. Frescos son deliciosos, pero también se pueden secar y conservar mucho tiempo. La dulce carne jugosa del **melocotón** es ideal para comer fresca, pero hay algunas

Endrina

Estos frutos, un poco ácidos, se utilizan para elaborar conservas y aromatizar bebidas alcohólicas.

Nectarina

El duro hueso arrugado protege una semilla en forma de almendra.

Dátil

Esta fruta de las alturas se recoge con la ayuda de cuerdas, escaleras o grúas articuladas.

La **palmera datilera** puede producir hasta **140 kg** de fruta cada año.

Esta fragante fruta se come tanto fresca como seca.

Albaricoque

La pulpa de esta fruta amarga se utiliza para elaborar mermeladas.

Ciruela damascena

personas a las que no les gusta su piel velluda y prefieren su pariente de piel lisa, la **nectarina**. Alguna fruta de hueso no es dulce sino ácida: la **endrina** debe cocinarse con mucho azúcar. La carne de las **aceitunas** es dura y amarga, pero se muele en una prensa para extraer su aceite.

Alguna fruta de hueso, como las **almendras**, se cultiva por sus semillas y no por su carne. Hay quien se las come enteras verdes, cuando están peludas, crujientes y ácidas, con una semilla blanda y llena de gelatina.

Fruta de zumo

Pomelo

Su carne pálida sabe a toronja dulce.

Mano de buda

Esta fruta con forma de dedos huele a una mezcla de limón y lavanda.

Naranja sanguina

La carne de color rojo vivo da nombre a esta naranja.

Naranja

La típica naranja contiene más o menos la tercera parte de un vaso de zumo.

Los cítricos son un tipo de baya de jugosa carne en pulpa cubierta por una gruesa cáscara. Son muy consumidos por sus sabores ácidos y su alto contenido en vitaminas. Originarios de Asia, se cultivan en países tropicales de todo el mundo.

Los científicos creen que las decenas de cítricos disponibles hoy en día se remontan a solo tres plantas ancestrales: el **pomelo**, el mandarino y el **cidro**. Hoy, las **naranjas** suponen más del 50 por ciento de todos los cítricos producidos en el planeta. Su sabor ácido e intenso proviene

Limón

El zumo de **limón** cura el **escorbuto** y fue **obligatorio** en los barcos británicos desde **1795**.

Cidra

La capa exterior amarilla, llena de sabor, se utiliza en la cocina.

La cáscara de color verde vivo se torna amarilla cuando la fruta madura.

Lima ácida

La gruesa cáscara se utiliza para elaborar mermeladas.

Kumquat

No hace falta pelar estas frutas para tomar de un bocado.

Combava

La gruesa capa blanca interior se conoce como médula.

Estos frutos rugosos se usan para elaborar perfumes que huelan a cítrico.

Ugli

La cáscara del ugli está suelta y se pela con facilidad.

Los grandes frutos pueden medir hasta 15 cm de diámetro.

Toronja

del alto contenido en ácido cítrico, que es incluso superior en **limones** y **limas**. Al contrario que la mayoría de los cítricos, la mano de buda tiene poca carne comestible, y en cambio se utiliza en perfumes y como ofrenda en los templos budistas. La cáscara de la mayoría de los cítricos es dura

y amarga, mientras que los segmentos del interior son jugosos. La excepción es el **kumquat**, con su cáscara dulce y el centro amargo. El **ugli** es un cruce natural entre una naranja y un pomelo, con una carne muy jugosa y de sabor dulce, y una arrugada cáscara fragante.

Frutas tropicales

Los pinchos de la cáscara protegen su ácida carne amarilla.

Piña

Cada uno contiene unas 250 semillas comestibles.

Maracuyá

Esta fruta estrellada tiene variedades dulces y ácidas.

Carambola

Es la fruta de árbol más grande del mundo y puede crecer hasta los 90 cm.

Yaca

Esta dulce fruta se suele comer como una manzana.

Caqui

Las largas espinas blandas se tornan rojas o amarillas cuando la fruta está madura.

Esta dulce fruta carnosa contiene semillas picantes que se pueden aprovechar como si fueran pimienta.

Esta fruta **gigante**, repleta de pequeños frutos en su interior, puede pesar hasta 55 kg.

Papaya

Las frutas tropicales presentan todo tipo de formas, tamaños y sabores. Estas coloridas frutas crecen en regiones cálidas y húmedas, pero actualmente se envían a cualquier parte del mundo, donde han cobrado una gran popularidad.

Aunque todas las frutas tropicales que aparecen aquí se suelen comer crudas y enteras, algunas también se utilizan de muchas otras maneras. A menudo se hace zumo de la **piña** y el **maracuyá**, mientras que el **rambután** y la **guayaba** se utilizan para elaborar mermeladas.

Cada árbol de rambután da **más de 6000 frutos** al año.

Rambután

La frágil piel vellosa encierra la carne blanca comestible del interior.

Su carne recuerda un poco el sabor del kiwi.

El fruto por dentro

Pitahaya

Chicle

La jugosa carne tiene textura granulada y sabe a caramelo.

La carne fucsia sabe a una mezcla entre pera y fresa.

Guayaba

Durián

La carne de color crema sabe a dulce crema pastelera con una nota de cebolla.

Los segmentos blancos son dulces y ácidos.

Mangostán

Piel no comestible

Esta perfumada fruta contiene una gran semilla ovalada.

Lichi

Los frutos blancos de la **yaca** se pueden asar en el horno, y con su textura correosa han cobrado popularidad como alternativa a la carne en platos vegetarianos y veganos. A veces se utilizan la **carambola** y la **papaya** para endulzar platos asiáticos. Los **caquis** dan sabor a batidos y postres fríos, y los **lichis** se confitan en jarabe para comerse con helado. El maloliente **durián** tiene un sabor peculiar, tan amado como odiado. Se conoce como el rey de las frutas y se utiliza para elaborar una enorme variedad de dulces, incluyendo golosinas, pasteles y helados.

Magníficos melones

Grande, de base plana, de sabor suave y un poco picante, ¡algunos lo consideran el rey de los melones!

Melón crenshaw

Conocida como sandía ratón, esta fruta mexicana del tamaño de una uva sabe a pepino.

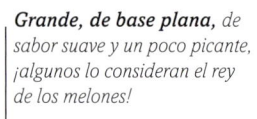

Melón riata

Estas frutas rayadas son tan pequeñas que caben en la palma de la mano.

Melón tigre

¡La sandía calma la sed porque es agua en un 92 por ciento!

Sandía

Cuando madura, este melón tiene la cáscara roja y con espinas, la carne amarilla y semillas rojas y pringosas.

Gac

Este raro melón indio tiene una carne fragante y la piel rayada.

Melón kajari

Los melones son los familiares dulces de los pepinos, los calabacines y las calabazas, y se encuentran en cualquier forma, tamaño, sabor y color. Existen cientos de variedades, pero todos crecen mejor si el clima es cálido y tienen mucha agua.

Estas jugosas frutas tienen su origen en el continente africano y en Oriente Medio, pero actualmente se disfrutan en todo el mundo. Crecen en plantas trepadoras, tienen la piel dura y se dividen en dos familias: los melones y las sandías. Entre los melones están el **verde**,

MELONES HIDROPÓNICOS

La hidroponía es un método de interior para cultivar plantas en un líquido lleno de nutrientes. Produce más alimento que los cultivos en tierra gracias a que se puede controlar la temperatura, la luz y la humedad. Es un buen método para cultivar melones, ya que necesitan mucha agua.

Los frutos con verrugas y sin madurar se usan en muchos platos asiáticos.

Melón amargo

La carne naranja es una buena fuente de vitaminas.

Melón Yubari

Melón charentais

Consideradas un capricho, dos piezas de esta fruta se vendieron en Japón por más de 26.000 € en 2016.

La dulce carne verde claro está en el interior de su gruesa cáscara cerosa.

Melón verde

La carne gelatinosa sabe entre plátano y pepino.

Esta fruta de piel fina se puede comer entera, cáscara incluida.

Melón coreano

Este melón debe su nombre a la piel, rugosa y colorida como la del anfibio.

Melón piel de sapo

Melón espinudo

el **charentais**, el **kajari**, el **coreano**, el **tigre**, el **piel de sapo**, el **Yubari**, y la mayoría de los que ves en esta página. Incluso el extravagante **melón espinudo**, una importante fuente de alimento y agua para los pobladores del desierto del Kalahari, en Namibia, y el espinoso **gac** del Sudeste Asiático, son parientes. La fruta más cultivada de esta familia es, con diferencia, la **sandía**. También es la más pesada: el ejemplar típico pesa unos 10 kg; el más grande jamás registrado pesó 159 kg, ¡igual que un oso panda macho adulto!

Un poco secos

Almendra

Estas semillas comestibles rebosan de fibra, proteína y grasas saludables.

Avellanas

Avellana turca

Esta estrambótica vaina cubre todo el fruto seco, salvo la punta.

Nuez de macadamia

Estos grandes frutos secos son los que tienen la cáscara más dura.

Pistacho

La cáscara cambia de color, pasa del verde al beis cuando la semilla madura y se abre de golpe.

Nuez

Las dos mitades de este arrugado fruto están separadas.

Coco

Las semillas huecas son de color blanco crema y tienen líquido en su interior.

FRUTO SECO: ¿SÍ O NO?

Los frutos secos auténticos son un fruto duro con una sola semilla. Los falsos crecen dentro de los frutos, y se parecen más al corazón de una manzana.

Bellota
La cáscara es el cuerpo carnoso del fruto pese a ser dura.

Fruto seco auténtico

Coquito de Brasil
Esto es una semilla y no el fruto entero.

Fruto seco falso

Los frutos secos auténticos –castañas, bellotas o avellanas– son frutos duros que contienen una única semilla. Muchos de los frutos secos que nos comemos son realmente la semilla de algún fruto; es decir, son frutos secos falsos.

Hace miles de años que los humanos comemos frutos secos. Su alto contenido en proteínas y grasa hace que sean nutritivos. Tardan mucho en echarse a perder, así que los primeros humanos podían acumularlos para pasar los meses de invierno. Muchos frutos secos culinarios son las

Anarcardo

Los tallos del anacardo se hinchan al madurar el fruto.

En este mortero se molían los frutos secos hace unos 10 000 años.

Anacardos

Una resina tóxica de la cáscara del anacardo puede irritar la piel.

Cacahuete

La semilla comestible está cubierta por una fina piel marrón rojiza.

Coquito de Brasil

Las aves con picos muy robustos pueden cascar la durísima cáscara.

Mortero prehistórico

Castaña

Estas nueces tienen un sabor que recuerda a la mantequilla.

Piñón

Pacana

La vaina de espinas protege hasta tres semillas en desarrollo.

Los piñones pueden llegar hasta los 8 cm.

semillas de frutas carnosas de hueso parecidas a las ciruelas, como la **almendra**, el **pistacho**, el **coco**, la **nuez**, la **pacana** y el **anacardo**, mientras que los **piñones** son las semillas de las piñas de los pinos. El **cacahuete** es el fruto seco más raro: tras la polinización, el tallo de sus flores se entierra para dar una vaina subterránea con hasta cuatro semillas que parecen frutos secos. Técnicamente, los cacahuetes son legumbres. De todos los de esta página, solo la **avellana** y la **castaña** son frutos secos «auténticos». Su cáscara es la carne, y nos comemos la semilla.

¡A comer verdura!

Las hojas rojas de esta planta son muy características.

Sus hojas crudas son un clásico en las ensaladas.

Lechuga

Achicoria roja

Col de Milán

*Estas arrugadas hojas **fibrosas** conservan la forma al cocinarse.*

Esta hoja picante da un toque especial a las ensaladas.

Hojas de betabel

Coles de Bruselas

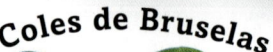

Rúcula

Las hojas de las hortalizas tienen **vitamina K**, que ayuda a curar **heridas**.

Las pequeñas yemas de hojas redondas parecen coles bebé.

Estas coloridas plantas están repletas de vitamina K y otros nutrientes esenciales.

Se conocen unas 2500 plantas cuyas hojas se pueden comer, aunque algunas saben mejor que otras. Mientras que muchas verduras de hoja verde se comen crudas en ensaladas, otras se cocinan en una gran variedad de platos. Rebosantes de nutrientes, tenemos hojas comestibles de colores y formas para todos los gustos, y son una parte esencial de una dieta saludable.

Col rizada

Las amargas hojas son más dulces si se congelan.

Sus crujientes tallos se pueden comer crudos o salteados.

Bok choy

Col lombarda

Las hojas de la col lombarda son más dulces y firmes que las del repollo.

Bola de hojas compactas

Espinacas

Estas delicadas hojas pierden agua y se arrugan al cocinarse.

Berro de agua

Estas picantes hojas crecen en tierra firme y en cursos de agua.

Endibia

Las hojas interiores son claras porque les da menos luz del sol.

COL GIGANTE

La col más pesada (62,7 kg)

Niños (Peso de dos niños)

La col más grande jamás cultivada alcanzó un peso de 62,7 kg, más o menos igual que dos niños jóvenes. Se cultivó en Alaska, Estados Unidos, en 2012.

Durante miles de años, se han cultivado verduras de hoja para producir nuevas variedades que den mejores cosechas y sabores. Los resultados de estos cambios graduales se aprecian bien en las diferencias entre hortalizas como las **coles de Bruselas**, la **col de Milán**, la **col rizada**, la **col lombarda** y el **brócoli**, todas variantes de la misma especie de plantas. Se han cruzado y seleccionado por sus hojas más grandes, más yemas de hojas, tallos de hoja más gruesos, o diferentes colores. Los colores de las hojas de **betabel** y la **achicoria roja** actuales son el resultado de la selección a lo largo de muchos años. En el pasado, la crujiente **lechuga** era un hierbajo con pinchos en las hojas y los tallos, que los egipcios cultivaban por sus grasas semillas.

Guisantes y alubias

Frijoles alados

Cuatro crestas con volantes cubren toda la longitud de cada vaina comestible.

Habas

Estas semillas aplanadas crecen hasta 2,5 cm.

Garrofones

Estas alubias claras son de sabor y textura mantecosos.

Cada pequeña vaina contiene dos semillas redondas.

Lentejas

Las lentejas son ricas en vitaminas y minerales.

Alubias carillas

Judías escarlata

Las judías rosa o las vainas tiernas son un clásico como guarnición de platos.

Cada vaina llega a producir un máximo de 14 judías.

Judías azuki

Las motas negras dan nombre a esta semilla.

Garbanzos

Las cortas vainas contienen dos o tres semillas comestibles.

ABUNDANTES GARBANZOS

Garbanzos
12,1 millones de toneladas

La Gran pirámide
(Peso de dos pirámides)

El mundo produjo 12,1 millones de toneladas de garbanzos en 2016; la gran mayoría se cultivaron en la India. El peso de esta cosecha era el doble que el de la Gran pirámide de Guiza en Egipto, famosa por pesar 5,9 millones de toneladas.

Los guisantes, las alubias y las lentejas son un tipo de semillas que se conocen como legumbres. Ricas en proteínas, fibra y nutrientes, llevamos miles de años comiéndolas. La India es el mayor productor y consumidor de legumbres, particularmente de lentejas.

Las **lentejas** son un cultivo muy antiguo y ya se comían en Grecia hace más de 13 000 años; se han hallado **garbanzos** de 7500 años de antigüedad en excavaciones de Turquía. Hoy comemos las vainas frescas, semillas incluidas, de **frijoles alados**, **judías escarlata** y **tirabeques**, además de las propias semillas secas. Las **habas**, los

Estos pequeños frijoles son de muchos colores.

Frijoles tépari

Guisantes

Entre seis y siete guisantes suele haber en cada vaina.

Judías pintas

Las motas rojas desaparecen al cocinarlas.

Judías de mungo

Estas minúsculas judías se suelen cocinar con azúcar en recetas pasteleras de Asia.

En la antigua **Roma** se comían **legumbres**, secas, frescas, hervidas o crudas.

Las flores blancas del tirabeque se suelen autopolinizar.

Soja

Tirabeques

La hendidura de la semilla deja que entre el agua para que germine.

Las vainas sin madurar se comen crudas o salteadas.

garrofones y las **judías pintas** también tienen sabrosas semillas llenas de proteína. La **soja** se puede usar para alimentar los animales de granja, para elaborar aceite y para producir alimentos como el tofu. El **frijol tépari** está muy bien adaptado a las sequías, puede sobrevivir a condiciones muy secas y prolifera en países cálidos, como México, de donde es autóctono. Es importante cocinar todas las alubias antes de comérselas, ya que el calor destruye unas proteínas que pueden ser perjudiciales.

¡Calabazas para todos!

Esta calabaza rayada puede llegar a crecer hasta una longitud de 50 cm.

Calabaza verde

Sus semillas comestibles son una gran fuente de cinc.

Calabaza de Castilla

Esta calabaza amarilla con verrugas tiene el cuello torcido.

Calabazas moscadas

Los frutos cambian de color verde a naranja, al madurar.

Calabaza

UNA GRAN CALABAZA

La calabaza más pesada 1190 kg

Coche compacto

El récord del mundo de la calabaza más pesada de la historia lo consiguió en 2016 una pieza con un peso de 1190,49 kg, como un coche compacto.

A pesar de que lo normal es que se coman como si fueran hortalizas, las calabazas realmente son los frutos de unas plantas rastreras de la familia de las cucurbitáceas. Existen muchos tipos de calabazas y presentan muchas formas curiosas.

Casi todas las especies son originarias de América Central y Sudamérica, pero hoy se cultivan en todo el mundo, especialmente en la India y China. Estos frutos carnosos son ricos en vitaminas, sobre todo las de carne naranja y amarilla, como las **calabazas verdes** y las **calabazas**

El esqueleto de fibra de la lufa seca y pelada hace las veces de esponja de baño; se puede utilizar con jabón y agua.

Lufa seca

Estos frutos en forma de gota saben a castaña y son populares en Japón.

La piel verde es una excelente fuente de fibra.

Su piel se torna amarga al superar los 10-12 cm.

Calabaza potimarrón

Pepino

Lufa

El grueso cuello no tiene semillas, por lo que da mucha carne.

Estas calabazas gigantes llegan a pesar hasta 18 kg, pero son mucho más sabrosas si son pequeñas.

Calabaza confitera

La flauta de calabaza, o hulusi, es un instrumento tradicional chino hecho con una calabaza seca y tres cañas de bambú.

Calabaza violín

El largo cuello puede superar los 90 cm de longitud.

Calabaza seca

Tromboncino

Con forma de platillo volador, estos frutos son una versión un poco más dulce del calabacín.

Calabazas de verano

potimarrones. La mayoría se comen en platos salados, como sopas y guisos, pero algunas variedades más dulces, como la **calabaza clásica** o la **calabaza violín**, también se usan en tartas y pasteles. Los **pepinos** se suelen comer crudos o encurtidos. Las **calabazas de** verano son comestibles, pero también se usan para decorar en otoño, mientras que otras calabazas de piel muy dura se pueden secar y convertir en elementos cotidianos, como jarras, frascos o incluso instrumentos musicales, incluyendo maracas, flautas y tambores.

REGATA DE CALABAZAS
En esta regata de Tualatin, Oregón, Estados Unidos, los competidores se montan en sus grandes calabazas y reman por el lago. Este tipo de eventos se celebran en otoño y son populares en Estados Unidos y en países como Canadá y Alemania. Es fácil convertir una calabaza en un bote, pues son huecas y en ellas cabe una persona que podrá remar.

A partir de flores amarillas estrelladas, las variedades más grandes de calabazas llegan rápidamente a tamaños enormes: algunas miden más de 4 m de perímetro y pesan 450 kg. En la carrera de Tualatin, los competidores se disfrazan, se ponen un salvavidas y cubren un trayecto de 90 m dos veces, ida y vuelta. Las calabazas también son la atracción principal de todo tipo de fiestas. Las familias estadounidenses se reúnen el Día de Acción de Gracias, famoso por su tarta de calabaza. En Halloween, el 31 de octubre, los niños de muchos países tallan calabazas para darles aspecto de caras terroríficas o divertidas y a continuación colocan una vela en su interior para que brille de manera misteriosa y ahuyente así los malos espíritus.

Bulbos y tallos

Cebolla

Al cortarlos, estos bulbos liberan un agente químico que hace que te piquen los ojos y llores.

Cardo

La corteza se **retira** del tronco para revelar el crujiente interior.

Cosecha de troncos de palma

Palmito

Los tallos de hoja se comen retirando las láminas espinosas.

El grueso tallo sabe a apio y puede llegar a los 15 cm de ancho.

Apio nabo

Ruibarbo

Los carnosos tallos de hoja se suelen confitar en azúcar y comer en postres.

Espárrago

Puerro

Los espárragos salen del suelo en primavera.

Los bulbos se tornan blancos bajo tierra.

UNA GRAN CEBOLLA

En 2014 se recogió en el Reino Unido la cebolla más grande de la historia. El monstruoso bulbo pesó 8,5 kg, más o menos igual que un carlino.

La cebolla más grande   *Carlino*

Muchas plantas crean su alimento durante los meses más cálidos y lo almacenan en sus bulbos y tallos. Por eso, estas hortalizas son una gran fuente de alimento para los meses de invierno; llevamos miles de años comiéndolas.

Los bulbos, como el **puerro**, el **ajo** y la **cebolla**, se componen de hojas carnosas, mientras que el **apio nabo**, el **espárrago** y el **colinabo** son tallos hinchados, cuyo sabor es más intenso cuando son tiernos.

Ajo

Cada bulbo puede contener hasta 20 dientes de ajo.

Las hojas plumadas, el tallo hinchado y las semillas saben a regaliz.

Los tallos hinchados saben a brócoli, pero más dulce.

Colinabo

Las castañas de agua se cultivan **bajo el agua** en **campos inundados**.

El crujiente tallo subterráneo es un ingrediente típico de los platos chinos.

Castaña de agua

Estos tiernos brotes cónicos de bambú se utilizan mucho en la cocina asiática.

Los tallos salados de esta planta del litoral acompañan bien el pescado.

Brote de bambú

Salicornia

Hinojo

Otras hortalizas, como el **ruibarbo** y el **cardo**, son los tallos de las hojas de la planta, aunque las hojas en sí no sean comestibles. La gran base del **hinojo** se compone de tallos hinchados y tallos de hoja. Los brotes de **bambú** que nos comemos son las puntas vegetativas de varios tipos de bambúes; cosechándolos no se estropea la planta adulta. No obstante, los brotes de bambú jóvenes contienen unas toxinas naturales que hay que retirar hirviéndolos en agua. Los **palmitos** se cosechan de los troncos de varios tipos de palmeras. La **salicornia** es una planta parecida a un espárrago que crece en áreas del litoral. Sus tallos se pueden comer crudos o hervidos.

VIVIR CON PLANTAS

Plantas y personas

Las primeras personas eran cazadoras-recolectoras, siempre de aquí para allí buscando comida, como carne, bayas y semillas. Entonces, hace unos 12 000 años, aparecieron las primeras granjas en la media luna fértil, una región de Oriente Medio, donde sus habitantes se asentaron y aprendieron a sembrar, cosechar y almacenar cultivos, los antepasados de las gramíneas silvestres, y a domesticar animales.

Cómo han cambiado las plantas

Los humanos cultivan plantas desde el nacimiento de la agricultura. Un antiguo pariente silvestre del maíz, el teocinte, daba pocos granos duros. Los agricultores observaron que algunas plantas de teocinte daban más granos, y que estos eran de textura más blanda, así que plantaron estas semillas en la siguiente temporada. Este cultivo selectivo llevó a las grandes mazorcas de la actualidad.

La dura cascarilla dificulta comer los pocos granos.

Teocinte   **Maíz**

Sembrar semillas ❯ Durante miles de años las personas han sembrado semillas a mano. Aquí, mientras el hombre pasa el arado, la mujer le sigue sembrando las semillas,

Métodos agrícolas modernos

Además de haber cambiado las plantas que cultivamos, la maquinaria agrícola moderna nos ayuda a sembrar, cultivar y cosechar con mayor facilidad y rapidez. A lo largo de los siglos la población del mundo no ha parado de crecer ni un instante. Sin los métodos agrícolas modernos, miles de millones de personas serían víctimas del hambre.

Para cosechar el campo con una máquina, el cultivo entero debe madurar a la misma velocidad y alcanzar una altura parecida.

Cosechadora

Agricultura en el antiguo Egipto

En el antiguo Egipto, la agricultura nació a lo largo de las orillas del río Nilo. Cada verano el río inundaba la tierra y dejaba los campos regados y llenos de nutrientes, donde los antiguos egipcios cultivaban pilares básicos de la alimentación, como el trigo y la cebada, además de una gran variedad de fruta y verdura.

Otras formas de utilizar las plantas

Medicina
Se usan más de 50 000 plantas de todo el mundo para tratar enfermedades, ya sea un dolor de cabeza o el cáncer.

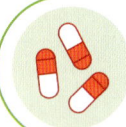

Cosmética
Muchas sustancias químicas fragantes o hidratantes se usan en productos cosméticos, como champús y perfumes.

Muebles
Los árboles dan toda la madera necesaria para fabricar muebles. Los bosques deben gestionarse adecuadamente para sustituir los árboles que se utilizan.

Papel
Casi todo el papel proviene de los árboles. La madera picada se mezcla con agua para crear una pasta que se estira y seca en forma de láminas finas.

Materiales de construcción
La madera se usa también para construir casas, porque es dura, aislante y respetuosa con el medio ambiente.

Ropa
Las fibras de las semillas del algodón y las fibras de los tallos del lino, el cáñamo y el bambú se utilizan habitualmente para confeccionar telas.

Instrumentos musicales
La madera de algunos árboles puede producir sonidos profundos y agradables, y se ha utilizado durante siglos para crear instrumentos musicales.

Arado tirado por bueyes ❯ Las personas se encargaban de tirar de los primeros arados. Los antiguos egipcios fueron los primeros en domesticar ganado, y lo utilizaron para tirar arados más pesados que abrieran surcos en el terreno para sembrar las semillas.

Las especias

Las tiernas bayas verdes se tornan marrones tras secarse al sol.

Comino

Semillas secas

Cada cápsula libera una única semilla de comino tras secarse.

Cúrcuma

Pimienta de Jamaica

Bayas secas

El sabor de estas semillas recuerda los frutos secos, y son habituales en la cocina asiática y de Oriente Medio.

La picante salsa verde de wasabi se come con sushi en Japón.

Wasabi

Sésamo

Semillas secas

Este fruto rojo contiene capsaicina, una sustancia química que da a las guindillas su picante calor.

Pasta

Los tallos subterráneos, o rizomas, se muelen para obtener un polvo amarillo vivo.

Guindillas

Anís estrellado

Frutos desecados

Esta planta saca flores estrelladas.

Cúrcuma fresca y desecada

Sin las especias, las semillas, frutos, raíces y corteza secos de las plantas, nuestros platos serían menos sabrosos. Durante miles de años hemos añadido especias a la comida para darle sabor y color, además de conservarla. Algunas especias, como la cúrcuma y el jengibre, también se usan como remedios para la salud.

Semillas secas

Las semillas cúbicas son un ingrediente habitual de los platos indios.

Fenogreco

Estas minúsculas semillas negras se muelen para elaborar una salsa picante.

Semillas secas

Cada vaina de semillas colgante puede crecer hasta 15 cm.

Vainilla

Vainas secas de semillas

Mostaza

Jengibre

La segunda corteza del canelo se cosecha y se corta en pequeñas ramas.

Cosecha de la canela

Ramas de canela

Tiene unos tallos subterráneos picantes y especiados.

Los frutos se cocinan y se secan para convertirse en granos de pimienta.

Pimienta negra

Frutos desecados

Los **granos de pimienta** son la especia **más comerciada** del mundo.

Cada cápsula contiene una docena de semillas de cardamomo.

Cápsulas secas de semillas

La corteza roja que recubre esta semilla sirve para elaborar otra especia, la macis.

Cardamomo verde

Nuez moscada

Semillas secas

Los fragantes estigmas rojos se cosechan a mano.

Azafrán

Muchas especias tienen su origen en plantas tropicales de Asia oriental. Sus sabores las hacen muy valiosas, y la demanda de especias impulsó a los exploradores y comerciantes europeos a navegar por el planeta en su búsqueda en los siglos XV y XVI. Cristóbal Colón llegó a las islas del Caribe intentando encontrar una nueva ruta comercial para traer especias de la India, pero encontró **guindillos** y los trajo de vuelta a Europa. Hoy damos por sentados todos los ingredientes exóticos que tenemos en la alacena y no podemos imaginar no tener **pimienta** en la mesa, un perrito caliente sin **mostaza** o un helado sin **vainilla**. La especia más cara del mundo es el **azafrán**, que al mismo peso tiene un valor que supera el del oro.

Hierbas útiles

Perejil liso

Perejil rizado

Mascar estas hojas puede refrescar el aliento tras comer ajo.

Tomillo

En el folclore alemán, el **tomillo** crece en lugares **protegidos** por hadas.

Estas fragantes hojas se daban a los caballeros antes de la batalla para inspirarles valor.

Las hojas tienen un sabor potente, y en la antigua Grecia y Roma se daban a los caballos de tiro para darles fuerza.

🔍 MOMIFICACIÓN

En el antiguo Egipto se momificaba a los muertos para conservar sus cuerpos. Tras limpiar y embalsamar el cuerpo de una persona muerta, se envolvía con vendas de lino, junto con hierbas como el tomillo y la menta. Los olores frescos y fragantes de las hierbas se consideraban sagrados.

Cilantro

El uso más habitual de las hojas es en forma de hierba seca sobre las pizzas.

Las aromáticas hojas tienen un sabor ácido y con un deje de limón.

Orégano

Estas hierbas son plantas usadas para dar sabor a la comida, u olor al perfume, o tienen uso medicinal. Las hojas o flores de algunas son comestibles, y otras son leñosas y se añaden al cocinarse o se utilizan secas.

En la antigua Grecia, se creía que el **tomillo** curaba las intoxicaciones y que el **romero** mejoraba la memoria, y los eruditos se lo ponían en el cabello en época de exámenes. En la Edad Media, era habitual tener jardines botánicos en los monasterios: los monjes

Las picantes hojas *saben a regaliz y se utilizan en la cocina asiática.*

Eneldo

Albahaca tailandesa

Las semillas del eneldo *se utilizan como especia.*

En el pasado, estas **peludas hojas** *se usaban para ahuyentar los males.*

Menta

Estas delicadas **hojas plumadas** *se suelen comer con marisco.*

Hojas de eneldo

Estas hojas se utilizan para elaborar pasta de dientes y caramelos.

Romero

Cebollino

Las hojas se aprovechan para dar sabor a la comida.

Salvia

Las finas hojas de **romero** *crecen en plantas leñosas que pueden llegar a una altura de 2 m.*

Los tallos **tubulares huecos** *saben a cebolla… ¡igual que las flores!*

cultivaban **salvia** como remedio y para lavarse los dientes. El nombre de la planta viene del latín, y significa «saludable». El **orégano** puede curar: en la medicina china se utiliza para solucionar problemas digestivos. La ciencia moderna ha demostrado algunas de las cualidades de las

hierbas: se ha confirmado que el aceite de **menta**, por ejemplo, mata las larvas de los mosquitos. Otras ideas se basan en las supersticiones, como la práctica medieval de beber infusión de **eneldo** para evitar la maldición de alguna bruja.

Productos vegetales

Las plantas dan muchos de los materiales que utilizamos a diario. Desde los troncos de los que sacamos madera para construir casas o hacer papel hasta resinas para hacer barnices. De las bayas y las hojas se pueden hacer tintes, y telas de las fibras vegetales. Algunas tienen diferentes usos: en Malasia, por ejemplo, el cocotero se conoce como el «árbol de los mil usos», porque casi todas sus partes son útiles.

Fruto ❯ Los grandes frutos del cocotero contienen una semilla de dura cáscara peluda y carne blanca comestible.

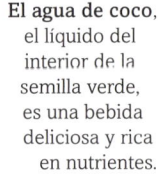

El agua de coco, el líquido del interior de la semilla verde, es una bebida deliciosa y rica en nutrientes.

Se pueden esculpir utensilios, como esta taza, a partir de una cáscara de coco.

Se pueden hacer cuerdas con el bonote, las fibras de la corteza del coco.

De la carne blanca se extrae aceite para utilizarlo en la cocina.

En construcción se utilizan a menudo postes de madera de cocotero, muy resistentes.

Tronco ❯ Los cocoteros pueden llegar a los 30 m de altura. Sus troncos, esbeltos, flexibles y con anillos, se doblan y no se rompen cuando el viento sopla fuerte.

Algunos instrumentos musicales, como este tambor pahu hawaiano, se elaboran con madera de cocotero.

La flor macho se abre, libera el polen y se cae, todo en un único día.

Flor › Las espigas de flores del cocotero tienen tallos que crecen de una rama carnosa. Las flores macho crecen en su parte superior, y las hembra lo hacen en la base. Ambos tipos de flor producen néctar para atraer los insectos.

El azúcar se elabora a partir de la dulce savia de los tallos de los botones florales.

Cocotero

Las escobas se hacen con los rígidos nervios centrales de las hojas de cocotero secas.

Las hojas del cocotero pueden llegar a los 1,8 m de ancho.

Los cestos se hacen tejiendo las hojuelas de las hojas del cocotero.

Hoja › Un cocotero maduro tiene unas 35 hojas, que crecen de una sola yema en la copa de la palmera. Las hojas del cocotero pueden alcanzar los 6 m de longitud.

Otras plantas y sus productos

Algodón
Las semillas del algodón están recubiertas de fibras blancas. En la naturaleza, el viento se lleva estas fibras y, con ellas, las semillas para que crezcan en nuevos sitios. Las fibras se pueden separar de las semillas e hilarse para fabricar telas.

Hilo

Cáñamo
Fue una de las primeras plantas usadas para hacer piezas de ropa. Las largas fibras que componen el tallo de la planta se usan para elaborar hilos que se pueden tejer en telas o trenzar en forma de cordel.

Cordel

Alcornoque
La corteza exterior del alcornoque se usa en tapones de botella, paneles de corcho y otros objetos del hogar. La corteza crece lentamente y se cosecha una vez cada diez años.

Tapón de corcho

Capa de corteza retirada.

Caucho
La savia lechosa del caucho se cosecha haciendo una incisión en el tronco y recogiendo el líquido que gotea. Al cuajar, el caucho es un material elástico que sirve para hacer guantes, suelas y neumáticos.

Neumático

BOSQUE EN RETROCESO
La niebla cubre el aire de la selva tropical de montaña conocida como ecosistema Leuser, en la isla indonesia de Sumatra. Los árboles que atraviesan las capas de la selva tropical, cuyos ejemplares más altos oscilan entre 45 y 60 m, luchan por sobresalir. Este extraordinario hábitat es el último lugar en el que coexisten en libertad orangutanes de Sumatra, tigres, elefantes y rinocerontes.

Las selvas tropicales cubren el 6 por ciento de la tierra firme del planeta, pero producen el 40 por ciento de todo el oxígeno; por eso se consideran los pulmones de la Tierra. El ecosistema de Leuser cubre unos 26 300 km², un área similar a la del estado norteamericano de Massachusetts. La extensión de la selva tropical en Indonesia se reduce rápidamente a causa de las plantaciones de aceite de palma, las presas hidroeléctricas y las granjas. Una mayor demanda de madera y pulpa para papel ha desbocado las talas ilegales. La actividad humana está llevando al borde de la extinción muchas especies de plantas y animales de la región, que no existen en otros lugares. También supone una amenaza para la salud de todo el planeta.

Belleza natural

Ylang-ylang

Las hojas de henna deben molerse antes de poderse utilizar para teñir el cabello o decorarse las manos y los pies en ocasiones especiales.

Henna

Mano decorada con henna

Esta olorosa pasta se elabora con sándalo en polvo y se utiliza para limpiar la piel.

Sándalo

El extracto de pepino tiene propiedades suavizantes y se utiliza en muchos productos para el cuidado de la piel.

Perfume

El aceite amarillo *dorado* es, de hecho, una cera líquida que se hace con las semillas.

Jojoba

Las cerosas flores *amarillas* tienen una exótica fragancia.

Pepino

Durante miles de años hemos utilizado productos vegetales para tener mejor aspecto y olor. Las fragancias florales y las pociones vegetales siguen siendo un gran negocio; muchas personas prefieren los productos naturales a los artificiales.

Se usan muchas partes de las plantas para elaborar productos de belleza. Las flores de **ylang-ylang** y **lavanda** tienen aromas que se pueden destilar para utilizarlos en perfumes. El **sándalo** es precisamente la madera interior, aromática y untuosa de un árbol con cualidades antisépticas

Karité

Manteca de nuez

Las grasas semillas se utilizan para obtener manteca de karité, un popular hidratante.

Lavanda

De las flores secas se obtiene aceite.

El aceite tiene cualidades suavizantes y sanadoras.

Cacao

La manteca de cacao, producto de moler las habas de cacao, se funde para hacer cremas corporales.

Habas de cacao secas

Las **cabras** se suben a los árboles de **erguén** para comer sus frutos.

Erguén

El aceite de la semilla nutre la piel, el cabello y las uñas.

Exfoliante corporal mezclado con aceite de erguén

La hoja carnosa tiene una savia con aspecto de gel.

La savia transparente de las hojas se añade a muchos productos de cuidado de la piel por sus propiedades calmantes.

Hoja de aloe vera por dentro

Las bombas de baño con aceite de eucalipto nutren el cabello y suavizan la piel.

Aloe vera

Bombas de baño de eucalipto

Eucalipto

y sanadoras. Mientras que las semillas de la nuez de **karité**, los granos del **erguén** y las habas del **cacao** deben tostarse para que liberen sus ricos aceites, las semillas de la **jojoba** basta con molerlas. Las hojas de la **henna** son las que, tras secarse y molerse hasta convertirlas en pasta, liberan un potente tinte marrón anaranjado. La savia del interior de las gruesas hojas del **aloe vera** es un gel calmante para quemadas, y además tiene propiedades hidratantes. ¡Cleopatra, la reina del antiguo Egipto, atribuía su espectacular belleza al uso del aloe vera!

Plantas del mundo

GOLDEN WATTLE 5c

AUSTRALIA

Los sellos postales australianos han mostrado su flor nacional: la esponjosa mimosa dorada.

Mimosa dorada
Australia

Esta moneda de 100 yenes ilustra los cerezos de flor que se celebran en Japón en el festival de primavera hanami.

Cerezo de flor japonés Japón

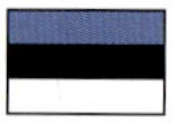

El azul de la flor nacional de Estonia representa el mar, el cielo y los lagos del país.

Orquídea cattleya
Brasil

Estas grandes flores pueden medir hasta 20 cm de ancho.

Aciano
Estonia

Esta flor silvestre de Bután tiene unas peculiares anteras de color amarillo o ámbar.

Amapola azul del Himalaya
Bután

Esta colorida flor pertenece a una planta que está protegida en Zimbabue.

Cafeto
Etiopía

El cafeto arábigo tiene su origen en Etiopía.

La hoja de arce asociada al Canadá simboliza unidad, paz y tolerancia.

CANADA

Rosa de Siria Corea del Sur

Esta corona es de la flor nacional de Pakistán, el perfumado jazmín.

Arce
Canadá

Esta flor también se conoce como mugunghwa, que significa «floración eterna que jamás se marchita».

Jazmín Pakistán

Lirio de fuego Zimbabue

Los países a veces muestran una conexión especial con ciertas plantas, ya sean raras o muy comunes. Muchos usan flores o árboles como símbolos nacionales, a menudo porque estas plantas tienen una importancia cultural o espiritual para sus habitantes.

Algunos países eligen alguna flor autóctona para que los represente, como la majestuosa **orquídea cattleya** de Brasil o el **lirio de fuego** de Zimbabue. Australia conmemora el día de la mimosa el 1 de septiembre para celebrar la **mimosa**

Cuenta la leyenda que la primera infusión con hojas de té se hizo en China en 2737 a. C.

Té China

Lirio Francia

Las flores de la liana chilena se abren entre marzo y mayo.

CORREOS DE CHILE

15 CTS

CASA DE MONEDA DE CHILE

Copihue
Chile

Esta flor inspiró el símbolo de la flor de lis que utilizaban los reyes de Francia.

La rosa fue un símbolo de la realeza en Inglaterra; más tarde se convirtió en la flor nacional.

Rosa Inglaterra

El centro en forma de cono contiene las semillas.

Las flores de lavanda crecen en espigas y abundan en Portugal durante el verano.

Lavanda Portugal

En Portugal, se creía que la **lavanda** ahuyentaba los **malos espíritus**.

El loto es el símbolo sagrado de la India y representa la pureza y la gracia.

Loto India

dorada, que crece en el sur del país y marca la llegada de la primavera. La flor nacional de Bután, la **amapola azul del Himalaya**, es tan rara que se creía que era un mito; se conoce como el «yeti azul». El árbol nacional de Canadá, el **arce**, que produce el sirope, se halla en todas sus provincias, y su hoja aparece en la bandera del país. Si piensas en **té**, piensas en China, el primer país que hirvió las hojas de la planta para hacer esta bebida y el principal productor del mundo. La flor nacional de la India es el **loto**. Los dioses hindúes aparecen a menudo sobre esta flor sagrada.

177

Ciencia vegetal

Aunque siempre hemos dependido de las plantas, solo hace 2500 años que existe la botánica (la ciencia que las estudia). Los primeros científicos describieron sus propiedades medicinales, y los últimos investigadores las han observado para descubrir cómo sobreviven y proliferan.

350 a. C.

Teofrasto, discípulo del filósofo griego Aristóteles, es el primero que estudia las plantas. Redacta los primeros libros de botánica y describe unas 500 plantas.

THEOPHRASTE

Siglo XIII

El científico árabe Ibn al-Baytar redacta el *Compendio de medicamentos simples y alimentos*, que contiene el nombre de 1400 plantas, alimentos, fármacos y sus usos.

Siglo XVII

La hidroponía, que permite cultivar plantas en un líquido rico en nutrientes, se describe por primera vez en el siglo XVII. Con esta técnica se obtiene más alimento con el mismo espacio.

Ibn al-Baytar fue uno de los autores medievales más influyentes en botánica.

60 d. C.

El botánico griego Pedanio Dioscórides redacta *De Materia Medica*, un libro de plantas medicinales, que se utiliza durante los siguientes 1500 años.

Actualmente el jardín todavía se encuentra en su ubicación original de Padua, Italia.

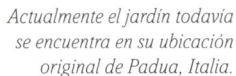

1545

Se crea el jardín botánico más antiguo del mundo, el Orto Botanico di Padova. El jardín se utilizaba para cultivar plantas medicinales y dar formación a los estudiantes.

1561

La planta *Cordia sebestena* recibe su nombre en honor al botánico alemán Valerius Cordus, quien describe las características y propiedades medicinales de las plantas por primera vez en su libro *Historia Plantarum*, publicado en 1561.

1789

El naturalista inglés Gilbert White describe el momento del año en el que florecen las diferentes plantas. Hoy en día, los científicos utilizan esta información para estudiar cómo afecta el cambio climático al calendario de floración.

La mayoría de los plásticos tardan miles de años en descomponerse, pero se han desarrollado bioplásticos de origen vegetal que se convierten en compost.

Cada grano de la mazorca de maíz es único y tiene un aspecto diferente a los demás.

Siglo XIX

El monje y científico austriaco Gregor Mendel utiliza guisantes para explorar cómo heredan los rasgos las plantas. Como nosotros, obtienen la mitad de sus rasgos de una planta macho y la otra mitad de una planta hembra.

1838

El botánico alemán Matthias Jakob Schleiden publica *Contribuciones en fitogenética*, un libro en el que argumenta que todas las plantas están compuestas por unas unidades que denomina células.

Célula vegetal

1983

La científica estadounidense Barbara McClintock recibe el Premio Nobel en 1983 por su investigación sobre la herencia y el control de los rasgos del maíz. Su obra ha propiciado otros grandes descubrimientos en el campo de la genética.

2008

Se construye el Banco Mundial de Semillas de Svalbard en Noruega en 2008. Este edificio conserva semillas de todo el mundo por si hacen falta en el futuro.

1753

El botánico Carl Linnaeus publica *Species Plantarum*, una obra que funda el sistema de nomenclatura científica de los organismos vegetales.

NORMAN BORLAUG

1950

El científico estadounidense Norman Borlaug desarrolla una variedad enana de trigo resistente a las enfermedades que ayuda a alimentar a miles de millones de personas. Antes de 1950, las altas plantas acababan en el suelo antes de que se pudieran cosechar debido al gran peso de su espiga.

El libro contiene datos de las 5940 plantas conocidas por aquel entonces.

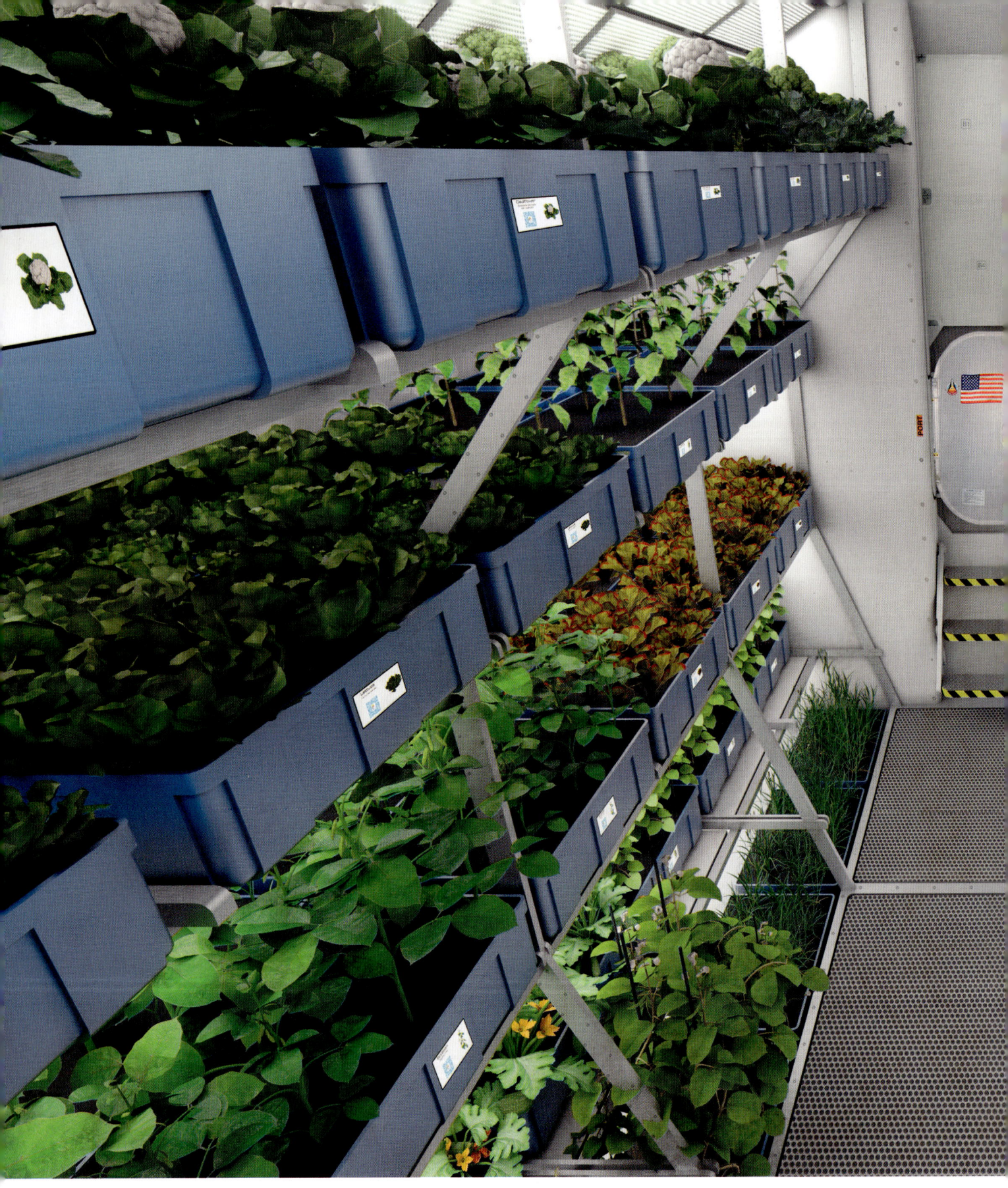

JARDÍN ESPACIAL
A lo largo de millones de años de evolución, las plantas se han adaptado perfectamente a la vida en la Tierra. Aunque nunca habían crecido en el espacio, eso es lo que hacen las plantas de esta imagen. Como parte de un experimento en la Estación Espacial Internacional (ISS), los miembros de la tripulación cultivan verdura fresca en un jardín espacial para intentar mejorar su dieta.

Cucumber
Cucumis sativus

Onion
Allium cepa

Las plantas son sensibles al entorno que las rodea. Sus raíces crecen hacia el agua, y los tallos crecen hacia la luz. También reaccionan a la gravedad: crecen hacia arriba, en sentido contrario a su tracción. En el espacio, en cambio, estas plantas crecen sin gravedad, con las raíces en esteras. La atracción hacia las luces artificiales que tienen encima las hace crecer verticalmente, como en la Tierra. Reciben agua con nutrientes, y la tripulación de la ISS, al respirar, aporta el dióxido de carbono que utilizan para elaborar el azúcar que necesitan para crecer. En este proceso, las plantas emiten oxígeno, que mejora la calidad del aire en la estación espacial, y el azúcar se convierte en tejido vegetal que puede comer la tripulación.

Glosario

Algas
Organismos de aspecto vegetal, normalmente acuáticos, que contienen clorofila.

Antera
Parte del estambre de la flor que produce el polen.

Biocombustible
Combustible renovable producido a partir de materia vegetal, algas o restos animales.

Bonsái
Árbol o arbusto cultivado en una maceta y mantenido en miniatura a través de una poda especial. Este tipo de poda también recibe el nombre de bonsái.

Bráctea
Tipo de hoja especializado. Las brácteas ayudan a proteger las yemas y las flores y pueden atraer los polinizadores.

Bulbo
Hojas carnosas subterráneas que almacenan alimento para una planta.

Capilar de las raíces
Crecimiento microscópico en forma de pelo que parte de la raíz y aumenta la cantidad de agua y nutrientes que puede absorber una planta.

Clorofila
Pigmento verde que. las plantas utilizan para extraer la energía de la luz del sol.

Conífera
Árbol o arbusto de hoja perenne con hojas en forma de aguja. Todas las coníferas producen piñas.

Cormo
Tallo subterráneo e hinchado en forma de bulbo.

Corteza
Capa dura exterior de raíces, troncos y ramas de las plantas leñosas (árboles y arbustos).

Cosecha
Proceso de segar y recoger los productos del campo maduros.

Cotiledón
Primera hoja, o par de hojas, con una reserva de alimento formada en el interior de una semilla.

Dicotiledónea
Planta con flor que produce dos hojas embrionarias (cotiledones) al empezar a crecer.

Drupa
Fruto carnoso, como las ciruelas o las cerezas, con una sola semilla dura o hueso.

Durmiente
En estado inactivo. Muchas plantas quedan durmientes en invierno o en tiempo de sequía; siguen vivas pero se desactivan para conservar su energía.

Epífito
Planta que crece sobre otra y la utiliza solo para apoyarse, no le quita nutrientes.

Espora
Estructura reproductora minúscula hallada en plantas sin flor, como los helechos.

Estambre
Parte masculina de una flor que incluye la antera, productora de polen.

Estigma
Parte femenina de una flor.

Fecundación
Combinación de una célula masculina del polen y un óvulo femenino que acaba produciendo una planta joven conocida como embrión.

Follaje
Capa casi continua de ramas y hojas que forman las copas de los árboles en las alturas.

Fotosíntesis
Proceso por el que una planta verde utiliza la energía de la luz del sol para crear alimento para sí misma a partir del agua del suelo y el dióxido de carbono del aire.

Fronda
Hoja larga compuesta por hojuelas más pequeñas. Aparecen en plantas como helechos y palmas.

Germinación
Proceso a través del cual una semilla empieza a brotar y crece para formar una planta.

Granar
Empezar una planta a producir semillas tras la polinización de las flores.

Grano
Semilla de la parte interior de un fruto o un fruto seco.

Hoja caduca
Describe una planta que pierde las hojas cada año, al final de una etapa de crecimiento.

Hoja compuesta
Hoja que se divide en dos o más hojuelas.

Hoja perenne
Describe una planta que conserva las hojas todo el año.

Hojuela
Una de las partes en forma de hoja más pequeña de

una hoja compuesta que sale del tallo de la hoja.

Hongo
Microorganismo que incluye el grupo de las setas. Los hongos están más emparentados con los animales que con las plantas.

Inflorescencia
Grupo de flores en un único tallo.

Lenticela
Uno de los minúsculos poros del tallo de una planta que participa en el intercambio de gases entre la planta y su entorno.

Liana
Planta que trepa o se arrastra por el suelo y levanta el tallo con zarcillos o enroscándose alrededor de cualquier objeto de apoyo.

Liquen
Organismo compuesto por un hongo y un alga que establecen una cooperación.

Monocotiledónea
Planta con flor que produce tan solo una hoja embrionaria (cotiledón) cuando empieza a crecer.

Néctar
Líquido azucarado que producen las plantas para atraer los polinizadores.

Neumatófora
Raíz aérea recta que sube a través del suelo cenagoso para que una planta pueda realizar el intercambio de gases o «respirar».

Nudo
Punto de un tallo en el que pueden crecer hojas, brotes, ramas o flores.

Nutrientes
Minerales que utiliza una planta para potenciar su crecimiento.

Pétalos
Partes de colores vivos de una planta que atraen insectos y aves polinizadoras hacia ella.

Planta
Organismo vivo, desde un musgo hasta un árbol, que produce su propio alimento a través de la fotosíntesis.

Planta huésped
Planta que utiliza otra para apoyarse o para obtener nutrientes.

Planta parásita
Planta que vive sobre otra planta y le quita nutrientes.

Polen
Granos minúsculos de polvo que contienen las células reproductoras masculinas y que se combinan con las células reproductoras femeninas de una planta para crear las semillas.

Polinización
Transferencia de granos de polen de una flor macho, o parte de una flor, a las partes hembra de una flor, para fecundar los óvulos y crear las semillas.

Polinizador
Animal, como una abeja, una polilla o un ave, que hace que la fecundación de las plantas sea posible transportando el polen de flor en flor.

Raíz aérea
Raíz que crece desde el tallo de una planta por encima de la superficie del suelo.

Raíz lateral
Raíz que se extiende lateralmente a partir de una raíz primaria para fijar una planta con más firmeza en el suelo.

Raíz primaria
Raíz central gruesa de una planta que crece recta hacia abajo.

Raíz tabular
Raíz que crece a partir del tronco del árbol para tener más apoyo.

Ramillete
Conjunto de flores minúsculas que componen la copa de una flor, como la margarita.

Rizoma
Tallo subterráneo que crece horizontalmente y que saca brotes y raíces a medida que avanza.

Savia
Líquido de las células vegetales.

Sépalo
Pequeño colgajo en forma de hoja, normalmente verde, que rodea y protege los pétalos de las flores.

Suculenta
Planta que almacena agua en hojas o tallos gruesos y carnosos. Los cactus forman parte de las suculentas.

Tépalo
Colgajo alrededor de las flores que funciona como sépalo y pétalo.

Tubérculo
Tallo subterráneo grueso o raíz que algunas plantas utilizan para almacenar nutrientes.

Zarcillo
Tallo enroscado en forma de hilo que utilizan las lianas para unirse a cualquier objeto de apoyo.

Índice de plantas

En el libro, las plantas se denominan por sus nombres comunes, que pueden variar de un país a otro. Sin embargo, cuando los científicos de todo el mundo hablan de una planta, utilizan su nombre científico para evitar confusiones. Este se basa en un sistema de nomenclatura internacionalmente reconocido y está en latín. El nombre científico de una planta consta de dos partes: la primera es el género, o grupo, de plantas del que procede, y la segunda es el nombre de la especie concreta.

D

E

F

G

H

R

S

T

U-V

W-Z

Índice

AGRADECIMIENTOS

Los editores dan las gracias a las personas siguientes por su ayuda en la preparación de este libro: Ann Baggaley, Shatarupa Chaudhari, Andrew Korah, Sarah MacCleod, Sai Prasanna, Isha Sharma, Mark Silas y Fleur Star por su asistencia editorial; Noopur Dalal, Vidushi Gupta, Nidhi Mehra y Nidhi Rastogi por su asistencia en el diseño; Nimesh Agrawal por su asistencia en la documentación iconográfica; Anita Yadav por su asistencia en la maquetación; Caroline Stamps por la revisión del texto; Elizabeth Wise por la preparación del índice, y John Woodward por los textos adicionales.

Los editores agradecen a las siguientes personas e instituciones su permiso para la reproducción de sus fotografías:

(Clave: a: arriba; b: bajo/debajo; c: centro; d: derecha; e: extremo; i: izquierda; s: superior)

123RF.com: Annieeagle 157cb, Ariadna126 78cb, Zvonimir Atletic 57si, Atm2003 167cdb, Bbtreesubmission 130cb, Belchonock 166c (salsa wasabi), 175ci, Maksym Bondarchuk 111cib, Martin Damen 117sd, Yaroslav Domnitsky 24cb, 25sd (Milk Thistle), Easterbunnyuk 175cd (exfoliante), Richard Griffin 80cb, Steven Heap 16i, Alfred Hofer 126bi, Ruttawee Jaigunta 100bc, Joemat 167cd, Natthakan Jommanee 150c, Venus Kaewyoo 1, 36-37s, Karandaev 177cd, Koosen 22ca (semillas de girasol), Vita Kosova 143d, Magone 138c, Maksym Narodenko 135ca, 138cb, Noppharat Manakul 154si, Ángel Luis Simón Martín 142cdb (almendras enteras), Andrey Milkin 131d, Pusit nimnakorn 149sd, olegudko 134ca (kiwi), PaylessImages 149cd, Puripat penpun 57sc, pierivb 127cdb, Teera Pittayanurak 170bc (cocotero), D rebha 166cdb, rook76 176cia, Natalie Ruffing 111c, David Schliepp 22cia, Alfio Scisetti 76cia, SHS PHOTOGRAPHY 109bd, Andrey Shupilo 17bd, Genadijs Stirans 151ci, Phadungsak Suphorn 131ci, Nanthawan Suwanthong 6bd, 169si, Dmitriy Syechin 113sd, Poramet Thathong 149ca, Oksana Tkachuk 101cda, utima 135sd, Phong Giap Van 151cb, Bjoern Wylezich 149cdb, Svetlana Yefimkina 37cdb, Yurakp 139ci (fresas), Иван Ульяновский 10cda (*Lycopsida*), 47cd (*Lycopsida*); **Alamy Stock Photo:** RosaIreneBetancourt 7 60cd, AB Historic 179cb, Afripics 22cb, All Canada Photos 70cda, 122c, Archive PL 48cb, Arco Images GmbH 25sd, 101sd Arterra Picture Library 6sd, 25ca, 104ca, Bill Lea / Dembinsky Photo Associates 123d, Bruce Montagne / Dembinsky Photo Associates 36cdb, Auscape International Pty Ltd 60ci, Avalon / Photoshot License 24bi, 58c, 107c, Steven Bade 161sc, Robert Biedermann 87c, Biosphoto 100-101s, 102cib, Blickwinkel 48cd, 49cdb, 53si, 75cb, 79cdb, 87bd, 185si Joe Blossom 69cia, Sebastien Bonaime 5bc, 116cb, 186-187b, Mark Boulton 111sc, Buiten-Beeld 15cb (ceiba), Nigel Cattlin 20-21b, 28cb, 47cdb, 87cd, 127cdb, Robert Clare 102si, Jim Clark 122cd, Mark Collinson 41bi, Collpicto 52ca, Connection One 118cib, Rob Crandall 104c, 184bi, Custom Life Science Images 41cda, Jolanta Dąbrowska 49bi, 131i, Ethan Daniels 25ci, Universal Images Group North America LLC / DeAgostini 27si, 92c, 128cda, Danita Delimont 91cda, Douglas Peebles Photography 91cdb, Joel Douillet 75sc, 185cd, Stuart Fawbert 53cb, Florapix 60cib, 78cib, flores y jardines por Jan Smith Photography 113cb, Shawn Hempel - Food 131ca, Frans Lanting Studio 119si, Stephen French 137sd, Jon G. Fuller 68si, Tim Gainey 86bd, Bob Gibbons 59d, 60cib (palo amarillo hojas de hoz), 102cb (orobanca de la hiedra), 105si, James Hackland 83d, Peter J. Hatcher 25cdb, Urs Hauenstein 79sc, David Hayes 78cia, Hemis 171cdb, Heritage Image Partnership Ltd 178bi, HHelene 43bc, Historic Images 179bi, Thomas Kyhn Rovsing Hjørnet 87bi, Friedrich von Hörsten 79cb, D. Hurst 179cda, Rachel Husband 138ca, imageBROKER 28bc, 59c, 79c, 93c, 105sc, 110cb, 120-121, imageBROKER / Günter Fischer 71i, Johner Images 81cdb, Kyselova Inna 153c, Interfoto 167c, blickwinkel / Jagel 60cb, 100c, Juniors Bildarchiv GmbH 105cd, Steven J. Kazlowski 92cib, Tamara Kulikova 36cia, Andrii Kutsenko 176cbb (hibisco), Hervé Lenain 113c, Shih-Hao Liao 117cia, Pete Oxford / Nature Picture Library 18-19, Steve Gschmeissner / Science Photo Library 42bc, Margery Maskell 46-47bc, mauritius images GmbH 82bi, 108-109s, 117cd, Pamela Maxwell 131bi, Buddy Mays 152bi, MCLA Collection 170bc, McPhoto / Diez 156cia, Melba Photo Agency 26cia, MNS Photo 166cia, Hilary Morgan 178c, Robert Murray 81cb, Irina Naoumova 59ca, Jatesada Natayo 78c, National Geographic Image Collection 15ca, 119ca, Natural Visions 123bc, Nature Photographers Ltd 70bc, Nature Photographers Ltd / Paul R. Sterry 113cib, blickwinkel / McPHOTO / NBT 61c, Neftali 177sd, SK Hasan Ali / Alamy Live News 157si, Dean Nixon 41bc, NPS Photo 105sd, Jose Okolo 105cdb, Onehundred Percent 81bi, George Ostertag 11ca, 103sc, 112db, 113ca, Panther Media GmbH 76bc, 87bc, Picture Partners 101c, Stefano Paterna 101cd, James Peake 71bd, Thomas David Pinzer 78cdb, Premium Stock Photography GmbH 117c, Steve Pridgeon 102c, Reda & Co Srl 52cb, Ian Redding 161cb, George Reszeter 25cb, RF Company 129bi, robertharding / Jack Jackson 164-165b, RZAF_Images 40c, Kjell Sandved 176ca, David Sewell 24si, shapencolour 95cb, Shoot Froot 142cdb, Antonio Siwiak 76ca, Southeast asia 103cdb, Inga Spence 144sd, 188sd, Steve Allen Travel Photography 40i, Hans Stuessi 22ca (semilla de *Dipterocarpus alatus*), 22ca (semilla de caléndula), 22ca (semilla), Phillip Thomas 107cda, Travelstock44 91cd, Colin Varndell 83bi, Tom Viggars 80i, 81d, Dave Watts 68cdb, 183bi, Jonny White 176cib, Wildlife Gmbh 6sc, 10cia, 10ecia, 56, 57bi 58ca, 59si, 83cda, 101cdb, 154ca, Michael Willis 103i, Robert Wyatt 76cd, Zoonar GmbH 111cdb; **Barcroft Studios:** Mark Graves

/ Oregonian Media Group 158-159; **Keith Bradley:** 119cb; **Depositphotos Inc:** AgaveStudio 157ca, Ajafoto 143cdb, Antpkr 170ci, dabjola 87bc (salicaria), Dbtale 22cib (aguacate), Kolesnikovserg 143cib, 182sd, levkro 117cib, Miiisha 139ci (uva verde), msk_nina| 5sd, 138sd, Photomaru 142ca, Sumners 174cb (perfume), Nadja_77.Tut.by 155d, vvoennyy 33cib, ZlataMarka 130cda; **John Doebley:** Hugh Iltis, de John Doebley's image gallery 164cib; **Dorling Kindersley:** Mark Winwood / Hampton Court Flower Show 2014 74cd, Colin Keates / Natural History Museum, Londres 51bd, Gary Ombler: Green y Gorgeous Flower Farm 169sd, Frome & District Agricultural Society 134cdb, Gary Ombler / Royal Botanic Gardens, Kew 11ecia, Jeremy Gray 12cib, Josef Hlasek 49bd, Frank Greenaway / Natural History Museum, Londres 69ci, Mark Winwood / Downderry Nursery 177cb, Peter Anderson / RHS 124-125c, Will Heap / Mike Rose 124sc, 182bi, Gary Ombler / Centre for Wildlife Gardening / London Wildlife Trust 2-3, 32cdb, 40bd, 80-81c, 106c, Wildlife Gardening / London Wildlife Trust 75cd, Will Heap / John Armitage 125sd, 189bd, Justyn Willsmore 110i, Mark Winwood / RHS Wisley 10cdb, 122bi; **Dreamstime.com:** 37704963 167cdb, Tatyana Abramovich 24ci, Airubon 177cdb, 183sd, Akiyoko74 154c, Natalya Aksenova 166bi, Akwitps 170cb, Alex7370 110-111cb, Alexan24 77bi, Alexfiodorov 21cdb (judía), Alessio Cola / Alexpacha 139cdb, Anne Amphlett 11bd, Nadezhda Andriyakhina 136ca, Arkadyr 26ca, Atman 35cda, 161d, Aurinko 130bc, Natalia Bachkova 29ci, Banprik 147cib, Barmalini 94-95c, 154sd, Beatricesirinun 71cb, Barbro Bergfeldt 167ci (vainilla), Kateryna Bibro 137cd, 149cib, Harald Biebel 117ca, Vladimir Blinov 128ca, Stephan Bock 137c, Bombaert 41bd, Pichest Boonpanchua 149cib (melón coreano), 156ca, Alena Brozova 134ca, Charles Brutlag 21cdb (semilla), Marc Bruxelle 32cd, 74sd, 124cb, Leonello Calvetti 42-43c, Chernetskaya 22ci, Yutthana Choradet 161cdb, Mohammed Anwarul Kabir Choudhury 166ci (sésamo), 174ca, Su Chun 67sd, Sharon Cobo 7sd, 125cdb, Countrymama 148cda, Cpaulfell 41ca, Cynoclub 85ci, Jolanta Dabrowska 116sd, 166c, 186si, Denira777 145si, 161si, Dewins 32cib, Dianazh 175sd, Digitalimagined 35c, 48bd, 49c, 60cdb, Cristina Dini 174cdb, Anton Ignatenco / Dionisvera 150ci, Le Thuy Do 116cib, 148-149sc, Dohnal 130bd, 131bd, Draftmode 23ci, 134cd (plátano), 146si, 157ci, Reza Ebrahimi 57cdb, Ed8563 59ca (árboles Tamarack), Ekays 33d, Emilio100 143si, 179c, Empire331 12cdb, Eyeblink 15sc, Ama F 107bi, Fibobjects 77bd, Sergii Koval / Fomaa 136bi, Gaja 16-17cia, Natalia Garmasheva 48ca, Patrick Gosling 122cia, Gow927 170-171ci, Antonio Gravante 106si, 171cdb (tapón de vino), Richard Griffin 80bc, David Hayes 67cdb, Artem Honchariuk 130c, Zeng Hu 11bi, Boonchuay Iamsumang 174cdb, Andrii Iarygin 13, Anton Ignatenco 15sc, Artem Illarionov 22c (hueso de melocotón), Imagoinsulae 59cib, Irabel8 32cia, Irinaroibu 151cdd, Irochka 77cia, Roman Ivaschenko 77bc, Wasana Jaijamn 129bc, 147ca, Janecat11 35cda, Jfanchin 34cdb, Jianghongyan 139ci, 147c, Justas Jaruševičius / Jjustas 22cib, Johannesk 118cb, Ang Wee Heng John | 12cb, Jóophotek 176cdb, Jpldesigns 32-33s, Kamon Jumroonsiri 24ci (semillas de loto), Karelgallas 95bd, Katerina Kovaleva / Kkovaleva 148cd, Kav777 109cib (árbol), Kazakovmaksim 32ca, Kenishirotie 134cd, Kenmind76 135si (pera), Khunaspix 171c, Liliia Khuzhakhmetova 171bd, Kianlin 137ca, Sharon Kingston 26cdb, Klickmr 166ci, Sergey Kolesnikov 145ci, Kooslin 171ccd (cuerda de cáñamo), Kostiuchenko 29si, 29si (flor), 29si (amapola), Tetiana Kovalenko 104i, 175si, Lev Kropotov 111cb, 175cib, Anna Kucherova 136cd, Tamara Kulikova 175cb, 138cdb, Wipark Kulnirandorn 106cdb, Kurapy11 151sd, Andrey Kurguzov 145cdb, Denys Kurylow 58cb, 109cb (árbol de hoja perenne), Yauheni Labanau 7sc, 94cia, Kateryna Larina 107si, Muriel Lasure 43bc, Robert Lerich 148cia, Lesichkadesign 109cib (hoja), 154bc, Sergei Levashov 30-31c, Lightzoom 157si (pincel), Liligraphie 153si, Lirtlon 178cdb, Luckyphotographer 91sd, Ludoriri 116cdb, Thomas Lukassek 86b, Natthapon M. 171cib, Robyn Mackenzie 166c, Mahira 142cdb (almendra), 166ca, Goncharuk Maksym 144cdb (naranja sanguina), Maocheng 157cdb, Sarah Marchant 148cca, Massman 135bd, Josip Matanovic 94cb, Vivian Mcaleavey 152cia, Nicola Messana 92cia, Microstock77 171cia, Bárbara Delgado-Millea 5bi, 144cdb, Miramiska 34cdb, Maksim Mironov 102cd, Elena Moiseeva 154ci, Graham Monamy 99bc, Tanakorn Moolsarn 171sd, Ruud Morijn 129cd, Msnobody 108ca, Tatiana Muslimova 142cdb (mango), N. Van D. / Nataliavand 29d, Natika 134cdb, David Cabrera Navarro 166c (tahini), Nbvf 152c, Neirfy 28bd, Pedro Turrini Neto 22c, Nevinates 135cib, 146c (palosanto), Niceregionpics 146cib, Natthawut Nungensanthia 130cb (sorgo), Omidiii 142sd, Tatsuya Otsuka 116cia, Ovydyborets 35cdb, 171cd, Palex66 145sd, Nipaporn Panyacharoen 175cdb (aloe vera), Bidouze Stéphane 109cdb (bosque tropical), Photographieundmehr 138cia, 168ci, 169bd, Photography71 160cb, Anna Kucherova / Photomaru 169cc, Pikkystock 66cdb, Pinkomelet 33cb, Chanwit Pinpart 94c, Pipa100 57sd, 137cb (oca), 145cdb, 149ci, 153cd, 156cda, 190si, Pixbox77 171sc, Pixelife 25cb, Planctonvideo 127cda, Andrii Pohranychnyi 175cdb, Olga Popova 49cia, Saran Poroong 38-39, Ppy2010ha 136cia, Anastasiia Prokofyeva 21cdb (dicotiledónea), Artaporn Puthikampol 66si, Ra3rn 28ca, Radu Borcoman / Radukan 49ca, Rbiedermann 33bd, 76bd, Romasph 136ci, rRawlik 107d, Somphop Rattukarakan 147cdb, Sergey Rybin 48bi, Thongchai Saisanguanwong 177si, Roman Samokhin 144ci, Juana Maria González Santos 175cd, Sarah2 43cda, Antonio Scarpi 155ci, 189sd, Bernd Schmidt 124cia, 125cd, 125cb, Martin Schneider 92cda, Alfio Scisetti 116c, 168cdb,

175cdb, Eleonora Scordo 37sd, Sally Scott 135bc, 160ci, Anna Sedneva 135si, 152-153b, Toshihisa Shimoda 86cia, 160c (cardo), Alexander Sidyakov 122cda, Sirfujiyama 70sd, Poravute Siriphiroon 10bd, Slallison 137cb, Sommai Sommai 145ca, 145cd, Stock Image Factory 174c, Stocksnapper 130c (avena), Subbotina 147cb, Likit Supasai 148cib, Yodsawaj Suriyasirisin 142ci, Swkunst 142si, Taitai6769 22cd, Taechit Tanantornanutra 118cdb (helecho), Maxim Tatarinov 138cib, Wallop Thamsuaydee 6si, 146cda, 187sd, Threeart 30cib, Thungsarnphoto 171cb, Sergii Trofymchuk 28c, Ievgenii Tryfonov 109sd, Twoellis 160bd, Valentyn75 7bi, 22ca (semillas de amapola), 147ca, Verastuchelova 84bd, 168bc, Gabriel Vergani 131cd, Vitoriaholdingsllc 176cb, Vladvitek 23d, Vvoevale 33cia, Jürgen Wackenhut 74ci, Yael Weiss 22ca (lupa), Shane White 43cdb, Yutthasart Yanakornsiri 170cb (cuerda), Yvdavyd 138cd, 151ca, Zakri2023 160sd, Dzmitry Zelianeuski 112cia, Sheng Zhang 139ci (arándano rojo), Zigzagmtart 148cdb, Сергей Кучугурный 150ca; **Nigel Forshaw:** 104cia; **GAP Photos:** Jonathan Buckley 105c, Clive Nichols 113ci, Nova Photo Graphik 104cda, Friedrich Strauss 116cd, Visions 99cdb, Richard Wareham 166cb; **Garden World Images:** Rita Coates 53sd; **The Garden Collection:** FP / BIOSPHOTO 99cib; **Getty Images:** 500Px Plus / Danny Dungo 72-73, Kazuo Ogawa / Aflo 71sd, AFP / Chaideer Mahyuddin 172-173, Nikolay Doychinov / Afp 75si, AWL Images / Getty Images Plus / Catherina Unger 94cib, P. Bonabad 26cda, Corbis / Getty Images Plus / Paul Starosta 51sd, Corbis Documentary / Paul Starosta 85cd, 98cib, Creativ Studio Heinemann 138ci, De Agostini Picture Library 103si, DEA / ARCHIVIO B / De Agostini 52cdb (esporas), DigitalVision / Tony Anderson 20cda, Clay Perry / Corbis Documentary 74-75bc, Pankaj Upadhyay / EyeEm 112-113c, FlowerPhotos / UIG 29bi, Shem Compion / Gallo Images 151c, Joel Sartore / National Geographic Image Collection 87cda, André De Kesel 99cda, Konrad Wothe / Nature Picture Library 23cb, Lindeblad, Matilda 36cib, 190bd, Maximilian Stock Ltd. / Photographer's Choice 154cia, Mint Images - Art Wolfe 162-163, Mint Images - Paul Edmondson 123cia, I love Photo and Apple / Moment 70cb, Jordan Lye / Moment 8-9, Moment / Callahan Galleries 58i, Pavel Gospodinov / Moment 179bd, Zen Rial / Moment 129cdb, Navdeep Soni Photography 174sd, Andrey Nekrasov 85bd, Micha Pawlitzki / Photodisc 78sd, Ed Reschke / Photolibrary 110sd, Piotr Naskrecki / Minden Pictures 102cb, Stephen Dalton / Minden Pictures 25si, 68cb, REDA&CO / Universal Images Group Editorial 106cib, James Morgan / robertharding 160cia, Paul Starosta 75sd, Manuel Sulzer 77ca, Yuri Smityuk/TASS 68sd, Tiler84 111d, TimArbaev 170bd (látex), Universal Images Group / Auscape 95si, David Lees / Corbis / VCG 178cb, Visuals Unlimited / Dr. Ken Wagner 41ci, Visuals Unlimited / Henry Robison 10cda, Buddhika Weerasinghe 167cib, Woraput / E+ 125sc; **https://www.flickr.com/photos/heinerc/:** 71cd; **iStockphoto.com:** abriendomundo 96-97, Tamonwan Amornpornhaemahiran 107sd, anatchant 146c, Anna39 61si, AntiMartina 122bi, asiafoto 69c, Balky79 61cd, Ballycroy 122bc, Baramyou0708 118si, Chengyuzheng 155ci (judía mungo), 161ci, Creativeye99 150cdb, 151cd, cristaltran 132-133, Dafinchi 104-105bc, Damocean 88-89, design56 146cdb, 191cia, DigiTrees 116ca, 116ci, Dmitriy Kazitsyn 109cb, DrPAS 117sc, Cislander / E+ 157c, E+ / ranasu 16bd, Eloi Omella 140-141, Elpy 22ca, emer1940 100cdb, Enviromantic 166d, Eyepark 119sd, fcafotodigital / E+ 160c, Floortje 160cd, fotogaby / E+ 62-63, Griffin24 82-83c, joloei 147sd, Kynny 117bd, lindarocks 107ca, lnzyx 112cb, lovelyday12 118d, malerapaso 67cdb, Masuti 130i, Mickey_55 176c, Mikespics 23si, milanfoto 152cda, Natefeldman 155sc, Ninell_Art 82bc, Only_Fabrizio 142cib, PicturePartners 157cib, Pittapitta 174i, Ploychan 93ca, Portogas-D-Ace 147i, Rvimages 131bc, Sieboldianus 93d, 111si, Sunnybeach 142ci, Tacojim 123bi, tiler84 11cb, Toktak_ Kondesign 40cd, UrosPoteko 155cib, Wushuong Wang 27cib, zlikovec 109cdb; **© Jeremy Rolfe (CC BY):** 80ca; **Jonas Dupuich/Bonsai Tonight:** 124c; **Farhad Karami:** 21bd; **James Kuether:** 54-55; **Mary Evans Picture Library:** Library of Congress 124cib; **Jim Mercer:** 93cb; **Susan Middleton:** Photo by D. Liittschwager y S. Middleton, © 2000 76cb; **Monterey Bay Nursery:** Luen Miller 52cb (*Conium maculatum*); **NASA:** Kennedy Space Center 180-181, Marshall Space Flight Center 74cb; **National Geographic Creative:** Michael Nichols 114-115; **naturepl.com:** Miles Barton 83ci, Simon Colmer 94ca, Adrian Davies 34cia, 98cia, Chris Mattison 82bd, 118c, MYN / Marko Masterl 100cia, Niall Benvie / MYN 4bd, 53bi, Colin Varndell 48ci; **pflanzio.com:** **Photo by Bryan Laughland:** 61sd; **PhytoImages:** Dr. Daniel L. Nickrent 102cdb; **Rex by Shutterstock:** imageBROKER 93cia, Jspix / imageBROKER 70cdb, Frederik / imageBROKER / Shutterstock 110ca; **Science Photo Library:** Dr. Keith Wheeler 15cb, Dr. Morley Read 44-45, Eye Of Science 40ca, Michael P. Gadomski 59sc, Karl Gaff 49cb, Bob Gibbons 58cd, Steve Gschmeissner 28cb (plantón de amapola), M P Land 95sc, Cordelia Molloy 69cib, John Serrao 61cib, Nigel Cattlin / Science Source 47cda, Merlin D. Tuttle 69sd; **Jenn Sinasac:** https://www.flickr.com/photos/jennsinasac 25cd (tres veces); **Rituraj Singh:** 176cda; **SuperStock:** Age Fotostock K22-216517 47cd, Biosphoto 27d, 85c, 112ca, Eye Ubiquitous 14-15c, J M Barres / age fotostock 58cdb, Juniors 84cd; **Wellcome Collection http://creativecommons.org/licenses/by/4.0/:** Science Museum, Londres 49cda